ちゅーちゅに捧げる

わたくしがYES

松橋裕一郎

rn press

わたしはなにでもなくここに発生して、だいたいの時間を混乱しながら過ごしてきた。

わたしにとってなにでもないということは、けっして人前には現れない、けれどしっかりと握りしめている必要のある、透明な石のようなものだった。そしてそれを、だいじにしていてすみません、捨てられなくてすみませんと、背中をまるめていなくてはいけない事実だった。

はじめのうち、わたしは口をつぐみ、なるべく息をひそめていた。そうしていれば、雑音が身体に入り込むこともないし、あれやこれに振り分けられることもない。

わたしはなぜ、自分がなにでもないのか、わからなかった。なんのために、透き通った性で生まれついたのか、わからなかった。まわりを見ても、だれもそんなふうではないし、絵本にも、まんがにも、あるいは文学にも、わたしみたいな人はいなかった。それは自分が、世界のどこにも存在しないこととおなじだった。惑っているあいだにも、耐えずあなたはなんなのですか、男ですか、女ですか、と問われつづける。ときに彼らが提示する、まんなか、というありかたさえ、なにでもないわたしには苦痛だった。

それでもわたしは、わたしのように発生したほかの人たちにくらべ、理解と愛情に満ちた大人に囲まれていたほうだと思う。ただ、そのうちのひとりとして、なにでもなくてよい、とは言ってくれなかった。もちろんだれのせいでもない。まだ子どもだったわたしが、だれのせいでもないという事実のおおきさを受け入れるには、因果律のすべてを自らに集約させるほかなかった。

残念ながら。

二十歳になるころには、わたしは自分がなんなのか、わからなくなっていた。

なにでもなかったことなんて、あの透明な石の手ざわりなんて、さわがしい道の半ばでとうになくしてしまった。

わからないことはさみしい。わからないことはくるしい。

ひとりぼっちのわたしは、いつもなにかにあこがれていた。なにかにならなくては、どこにも居場所を与えてもらえない気がしていたし、実際にそうだったのだ。でもなにを名乗っても、「おかま」なんていう、世間の規定する記号におさまってみても、しっくりとはこない。けれど、記号をつかえば、人に愛してもらえるという利点があった。なにより、わからないでいた自分自身を、わかった気持ちになれた。

記号を纏いつづけることで、わたしは、ますますおのれを忘れていった。なにでもないという事実のひとかけらさえ、もはや思い出せない。

そうしてゆっくりと窒息してゆきながら、こうでない人々を、のうのうと生きるやつらを、ひとり残らず叩きのめしたいと思うようになっていった。

こっぱみじんに。

着ぐるみを抜け出し、もうどんな記号も纏わない、という宣言をしたのは、二十四歳のときだった。当時ブログ「尼のような子」に書いた文章がたまたま残っていた。

　こちらではお久しぶりです。少年アヤです。

最近、〝おかま〟の自称という自傷をやめるという、個人的におおきな出来事があったので、こちらでも報告しておくことにします。

〝おかま〟の自称をはじめたのは、十九歳の春でした。

それまでは、なんの定義もせず生きていこうとしていたし、高校生のころはじめたブログでもそのスタンスでいましたが、「正直そうなんでしょ?」みたいな言葉と、そういった日々で蓄積されていった劣等感を抱えきれなくなり、ラベルひとつで楽になれるなら、という思いで名乗りはじめました。

〝おかま〟というラベル、記号のおかげでお仕事をいただけたり、人に知ってもらえたりと、いいこともたくさんありました。しかし、それによって擦り切れていく部分のほうが大きく、〝おかま〟として呼ばれたイベントの壇上で、ひとこともしゃべれなくなってしまったこともありました。

〝おかま〟は本来蔑称、差別的な用語です。

自分も込みで、わざわざ自称する人が多いのは、うまく逆手に取って世渡りする生き方を選んだだけのことです。そういった姿勢が差別を助長するという指摘もありますが、私は社会構造上仕方のないこと、やむをえない生存戦略だと思っています。個人の選択の善し悪しではかれないし、はかられてはこまるのです。

だけどわたしは、あくまでわたし個人の場合は、自称と引き換えに、笑顔で踏みつけてくる世間につかれたのと、そうしなかっただれかの人生、とくに子どもたちの人生がくるしくなることに耐えられないので、やめてみることにしました。

私は男です。だれがなんと言おうと、男です。


いま思えば、なにでもないという状態とは程遠い、不完全な宣言だったと思う。だが当時のわたしには、自分について、自分ひとりで決めてみるという段階が必要だった。そして、男のにせものだと嗤われ、踏みつけられてきた身体から、棘をひとつずつ抜き去り、あらたな空気を吹き込んでいく時間が必要だった。できるだけ新鮮な空気を。

そのためなら、なんだって捨てた。仕事も、いくらかのお金も、人間関係も、ふるさとさえも捨てた。

男の子、として生きていた期間に、わたしは好きな装いや、立ち振る舞い、どんなひとをどう愛したいかを、ひとつひとつ選択し、学んでいった。おかげで、生きているという、純粋な感覚さえ失いかけていた身体を、取り戻すことができた。

しかし、そこからなにでもない、という地点へ還るには、さらなる時間が必要だった。

二十代のおわりに、はじめて男の子の恋人ができた。男の子として、男の子を愛するという機会をようやく得たわたしは、彼との暮らしのなかで、すっかり長い旅を終えた気持ちになっていた。

ところが、事態はうごいていたのだ。わたしの皮膚のしたで、冬に眠る生き物たちのように、すこしずつ、でもたしかに。

ある日、近所のバザーで、鼻のもぎ取れたピカチュウのぬいぐるみを手に入れた。でもわたしは、よし、なりきろうと思っても、ポケモンの主人公の少年と自分を重ねることができなかった。お姫さまや、セーラームーンには、ひらりとなりきれるわたしなのに。

もしかしたら、ふつうの男の子になんて、なりたくもないのかもしれない。

そう気づいたとき、わたしは自分を男の子だと思うことに、はじめて限界を覚えた。社会のものさしで見たときに、あぶれているから、ってだけじゃない。わたし自身が、あらかじめ持っていたはずのなにかとのあいだに、ずれがあるのだ。平然と男の子、として生きる彼とのあいだにも、感覚のちがいを認めざるをえなかった。いっしょにいればいるほど、わたしはこうではない、おなじ生き物ではない、と感じられて仕方がない。まるでひとつだった氷が割れて、ゆっくりと離れ離れになってゆくみたいに。

だけど、ここからさらに変化したり、まっさらにこわしてから組み立てるなんて体力も、気力も、あるいは選択肢もないように思えた。

目覚めはとつぜんおとずれた。

恋人が、出先からお土産を買ってきてくれた。わたしはその日、なぜかそれがうれしくてたまらず、どんどこ床を踏んで飛び回り、お土産のつつみを彼の手から奪い取ると、現れたドラえもんのマスコットをべろべろ舐めた。「やめなよ、汚いよ」と言われても舐めつづけた。

そのとき急に、「わたしはなにでもない」という鮮烈な感覚が、腹の底から湧きあがってきて、頭のてっぺんまで突き抜けていったのだ。

わたしは動揺しながら、「なにでもない」という、発光せんばかりの感覚と向き合っていた。目をそらしても、まだひかってる。

それは歓迎すべきひかりだった。

「なにこれ」とうろたえていた矢先、友人のぱんちゃんから「ノンバイナリーって知ってる?」と連絡がきた。あんたに当てはまる気がするんだけど、と言うので、めんどくさいけどぐぐってみた。びっくりした。

わたし、ノンバイナリーだった。男でも、女でもない。そのまんなかにさえいない。どうして忘れていたんだろう。どうしてなくしていたんだろう。

なにでもない。それでよいのなら、なにでもない自分がいい。

なにでもないんだもん。はじめからそうだったんだもん。ほんとは、ノンバイナリーとさえ言いたくない。
だってなにでもないのだから。

三十年かけて、なにでもない、という地点へと還りついた道のりのすべてを、わたしは誇りに思っている。この透明な石の手ざわりを、感覚を、もう二度と失うことはないだろう。

しかしそんなにも長い時間がかかってしまったことに、傷ついてもいる。失われた、わたしの子ども時代はなんだったのか？　青春は？　そのあいだに振り回したり、巻き込んでしまった人たちは？

当たり前だが、三十年かかったということは、三十年を失ったということでもあるのだ。

悶々としながら、わたしは黙って、恋人との暮らしにはげんでいる。はげんでいるけれど、ここにも気分が晴れない理由がある。完璧にしあわせだとは言えない、暗い、ぬるっとした壁みたいなものを、つねに感じながら生きている。

主に、結婚ができないせいだ。

恋人はわたしと付き合うまで、ほとんどだれにもセクシャリティを打ち明けずに過ごしてきた。じっくり時間をかけて、ようやくまわりの友人たちにはオープンにすることができたが、やっぱり家族には言えないでいる。言おうと思っても、ふいに「流行りのＬＧＢＴ」みたいな言葉が食卓に響いてきて、口をつぐんでしまうのだ。

巷では、同性カップルを主役に据えたドラマなんかやっているけれど、その熱狂や、祭囃子を遠くに感じてしまうのはなぜだろう。自分たちのところまで、酸素が届いてこないような気持ちになるのはなぜだろう。

ほんとはなんでか知ってるけど。

わたしは酸欠になりながら、結婚がしたいとさけんでみるけれど、無力感に苛まれずにいられない。西島秀俊がやっても変わらないようなことを、わたしなんかがやったって、きっとなにも変わらないし、だれも振り向いてくれっこない。ましてて、わたしはなにでもないのだ。とても世間様に理解できるとは思えない。もし、どちらかになにかが起きたとき、どうなってしまうのだろう。

毎日ごはんをつくって、たべて、ケンカして、すのこの割れたイケアのベッドでおっかなびっくり眠っているふたりの暮らしが、こうして愛し合っている事実が、どこにも記録されないまま、保護も保存もされないまま、煙のように消えていくだけなのだろうか。いや、実際はただ消えていくだけじゃない。はげしく引き剥がされるのだ。つないだ手とか、時間とか、肉体もぜんぶ、ここから、ここでない場所へ放り去られる。焼却される。それも生きたまま。

みんな、西島秀俊がそうなってもいいの。

いいからたのしそうにしているの。

三十年かけて、わたしはやっともとのわたしになれた。世界一かわいい恋人もいる。なのに、いつも、おわる、って思っている。この暮らしは、恋人の生命は、ふとした瞬間に、あるいは一秒後にでも消え去ってしまうにちがいない。振り返っても、わたしには、三十年の歴史が存在しないのだ。存在しないと思えてならない。

過去も未来もなく、いま現在も不確かならば、わたしはどこにいるのだろう。どこにもいないのじゃないか。

不安に呼応するように、ひどいニュースが列島に乱れ飛び、妙なウイルスが蔓延し、恐怖と惑いのなかオリンピックは強行された。あげくに、暗殺された悪人から噴き出した膿が、いまや地表を覆い、ひどい悪臭を放っている。世界は高温の油のなかで、みるみる揚げ物ができていくみたいに、泡を噴きながら破滅していく。

おわる。すべてがおわっていく。

わたしはテレビの前で慟哭しながら、一方で、夢が叶ったような興奮を覚えている。だって、いまや消えそうで不安でさみしいのは、わたしだけじゃないから。生きているほとんどの全員が、しぬかもしれない、ころされるかもしれない立場に転落したのだから。

わたしは、ずっとこんなふうになることを、密かに望んできたのじゃないか。

つまり、コロナはわたしがやりました。

志村けんをしなせたのもわたしです。

○

ある八月の週末、ずっとおそれていたおわりの気配が、うちにやってきた。

わたしはスマホをベッドに放り投げたまま部屋を出て、とにかく陽のあたる場所をめざした。

お酒を買った。原っぱへ向かった。

コロナが蔓延するようになってから、みんなはじめて知ったってふうに公園であそんでいる。そうしてただ笑いあったり、なぐさめあったり、歌をうたったりして、破滅を遠くに追いやろうとしている。あるいは、すでになにもかも消え去っていて、非存在とでもいうべきゴーストたちの戯れを見ているに過ぎないのかもしれない。

わたしはここでも、ぜんぶわたしのせいって思ってる。

コロナはわたしがやりました。志村けんをしなせたのもわたしです。

おじいちゃんの元気がない、と母から連絡があったのは、すこし前のことだった。放射線治療の影響でごはんがおいしくなくなって、あまりたべられていない、というので、わたしは電話口で、しっかりたべないとだめだよ、とか、おばあちゃんにやさしくねとか、明るく言って会話をおわらせた。おじいちゃんは照れたように笑いながら、はいよう、と答えていたけれど、あまり元気がなさそうだった。ちょっと痩せた気もする。

だけどわたしは帰らなかった。それとなくせっつくような連絡がきても、コロナにおんぶしてもらって、背中でたぬき寝入りをするみたく、むにゃむにゃと言い訳をしてにげていた。

原っぱから部屋に帰ると、おわりはまだそこにいて、ベッドでゆうゆうととぐろを巻いていた。わたしはこれを、恋人にだけは見せたくなかった。見られてしまったら最後、補修しようのない亀裂がわたしたちのあいだに走って、関係も、生命も、ぜんぶぶちこわされてしまうにちがいない。

なのにいざ顔を見たら、ぱっと口をついて出てしまった。

「おじいちゃん、しんじゃうかもしれない」

恋人は、星くずでもぶつかったように目をぱちぱちさせてから、「すぐに帰ってあげなよ」と言ってくれた。でもわたしは、どうしても帰る気になれなかった。イエスという回路に、なにか石でも置いてあるような感じがする。

「とりあえずパパに連絡してみなよ」と言われるままに父に連絡をすると、「大丈夫だ」と返事がきて安心したけれど、ほんとだろうか、と思えてならない。

おわりがやってくる。わたしのせいでやってくる。

おわりは、まるで舞い込んだまま出ていかない風のように、数日のあいだ部屋に居着いてしまった。できるだけふつうに振る舞おうとしても、ついおじいちゃんのことを考えてしまうし、口に出してしまう。「だから帰ってあげなってば」という恋人の言うことはただしかった。ただしいから腹が立った。

やがて、なぜかケンカになった。一年ぶりくらいのひどいケンカだった。とっくみあいから、殴りあいにまで発展したのだが、「くそ」なんて言いながら眠った彼の背中が、凍ったみたいにかなしげだった。わたしは、盛り上がっていた怒りのエネルギーが冷めていくのを感じながら、人にくそと言うだけでこんな背中になっちゃう彼のことを、ぶったりすんのもうやめようと思った。でもわたしだって、つねられた跡がいたい。

ケンカの理由について考える。いつも言い合いになる、ちょっとしたこと（わたしがありとあらゆるキャップをしめない）が発端だったけれど、あそこまで興奮してしまったのは、おじいちゃんのことが、おわりが、わたしたちのすぐそばで舌をあそばせていたからにちがいない。

わたしは布団にもぐって、例のことを告げてから、どこかそわそわしていた彼の様子を思い出していた。こうなるから、この人にだけは、おじいちゃんのことを言うべきじゃなかったのに。喪失の予感を、そのひとかけすらも、味わわせたくなかったのに。

わたしはなんてやつだろう。

翌日、目が覚めても恋人とはケンカしたままだった。そしてわたしは、ケンカの雰囲気に押し出されるように、実家へ向かうことにした。諦めてしぶしぶ、みたいな足取りで。

その前に、コロナ関係の貸付金の書類に不備があったというので、指定された施設まで行かなくてはいけなかった。そこで社協の人に、収入の少なさを責められたあげく、「お国から、お金を借りるんですよ。返さなくちゃいけないんですよ。意味がわかっていますか」などと問い詰められ、意味のわかっていなかったわたしは泣いた。たしかに、すべてわたしのせいなのに、コロナはわたしがやったのに、なにを借金しようとしているのだろう。たすけてって思ってすみません。

うっうっと声をあげて泣きだしたわたしにびっくりしたのか、社協の人はだんだんと親身になって、書類の修正をてつだってくれた。ありがとうと思うけれど、わたしはできることならこの人に、わたしのなにでもない人生と、恋人の話をしたかった。おじいちゃんのことや、昨夜のケンカのことも。いや、すればよかった。するべきだったのだ。

心底情けない気持ちになりながら、わたしは汗だくになった手を西友の便所で洗い、ふるさとへと向かう電車に乗った。窓に映る自分が、ぼろぼろの格好をしていて、いかにも貧しそうで、できるだけ座席のなかにちいさく収まろうと肩をすぼめて、キャップを深くかぶりなおす。

いくつもの街をすりぬけ、車窓から見える都市の景色が、丹沢の山系と、なにかの工場、黒煙、米軍基地、えんえんと地面にしがみつく住宅の群れだけになった。山が近いせいか、空が燃えるように赤くても、街は凍りついたように色を失っている。

わたしはふるさとがきらいだ。こんなところに生まれて残念だとさえ思う。

駅に着くと、たれ込める山の気配からにげるようにお酒を買って、遠回りして歩いた。東京に置いてきた恋人と、マイノリティとしての人生と、社協の人の「お国」という言葉がぐるぐるして、いまのところ、家族が入ってくる余地がない。まったく異なるページに飛び込んでいくような感じがする。

○

家に帰ると、おじいちゃんはやせ細った姿で、布団に横たわっていた。ただやせているだけじゃなく、肉体から、すこしずつなにかが失われているようなやせかただった。連絡をしたときは大丈夫だ、なんて言っていた父も元気がないし、おばあちゃんもやつれている。母はそのそばで、なぜかひとり不機嫌な顔をしていた。

夕飯は手巻き寿司だった。おじいちゃんもがんばってたべていたけれど、芯のないぺたっとした寿司を、二、三度しょうゆにつけて、まるで消しゴムでも食ってるみたいに、淡々と噛んで、ゆっくりと飲みくだしていた。わたしはつられて自分の手にある寿司さえ、まずそうに感じられた。

「どこか痛いの」と聞くと、「どこも痛くない。でも、だるいんだよう」と、ためいきまじりに言う。しゃべるのもしんどそうだ。

再発した前立腺がんの治療をはじめたのは今年のはじめ、ちょうどおじいちゃんの九十二歳の誕生日だった。わたしは、うちの家系の男たちを次々と倒していくと言われている前立腺がんのしつこさに慄きながらも、そのせいで、しんじゃうってことはないだろうと高を括っていた。それはおじいちゃんが、しぬことをこわがっていないせいもあったけれど、なによりおじいちゃんは、わたしが生まれたときからずっとおじいちゃんだったから、そこから戻ったり進んだりはしないんだと思っていた。永遠におじいちゃんとして、存在しているのだと思っていた。

ミッキーマウスみたいに。

食後には、ぎょっとするほどたくさんの薬を飲んでいた。おばあちゃんが、夜ごとせっせとちいさなケースに移し替えているらしい。ふたにはマジックで「朝食後　かみくだく」とか「ねる前」とか書かれていて、そのはつらつとした字に、幾分かほっとした気持ちになった。おじいちゃんはちょっとずつこわれてゆきながらも、まだまだ生きていてくれるのかもしれない。

しかしふと見ると、カーペットがぐっしょり濡れていて、クーがめったにしない粗相をしていた。

クーはとても感じやすい。人間がサッカーなんか見て騒いでいるだけでも、おびえて耳がうしろにさがっちゃう。きっとおじいちゃんのことや、家の雰囲気の変化を、クーなりに感じ取っているのだろう。わたしはのんきでいようとした自分がはずかしくなった。叱るかわりにクーの頭をなでる。

そこらへんにあった新聞紙でカーペットをぬぐっていると、紙面に焼き付けられたエリザベス女王の写真と目が合った。彼女の訃報を知らせる一面記事だった。つづけて国葬という文字が飛び込んできたけれど、そのときにはエリザベスの顔は、すでに尿まみれになっていた。

わたしは気にせずおしっこをぬぐいながら、一個人に巻き起こる死という現象のちいささを思った。どんな偉大な人物の死も、他人の生活までをも揺るがすことはできない。おなじ状況であっても、あっそうって感じで、ほとんどの人がおしっこをぬぐうだろう。カーペットのほうがだいじだから。

わたしは困惑していた。うちのおじいちゃんの死なんて、エリザベス女王とくらべようがないほどちいさいじゃないか。あっそ、とも思われない。

想像したらこわくてたまらない。うちのおじいちゃんはちいさくない。エリザベスなんかより、もっとおおさわぎになってほしい。泣いて、世界じゅうの犬に粗相してほしい。国葬だってしてほしい。

それが叶わないのならば、どうしておじいちゃんがしぬのだろう。


みんなが寝静まったあと、わたしは妹に、もっと早く帰ってくればよかった、とラインをした。妹は「そんなこと、いまさら言ったって遅いよ」と、容赦なくわたしをぶっさした。でもこの場合、ぶっさすことがやさしさじゃないかと思った。

両親の横にならべられた布団にもぐり、わたしは豆電球を見上げながら、いろいろなことを考えた。ケンカしたまま東京に置いてきた恋人のことや、まずしさについても。

でも、なにを考えたって、おじいちゃんがしんでしまうっていう事実は薄まらなかった。むしろどんどん、輪郭を増していく。

父が用意してくれた枕はへんな高さで、ぜんぜん眠れそうになかった。それに布団は重たすぎる。もうこの家には、わたしのベッドは存在しない。自室をうずめていたわたしのものも痕跡もすべて取っ払われているし、急に空いた六畳の空間をうずめるすべも気力も両親にはなかったらしく、ぽっかりした空間の中央には、クーの便所だけが置かれているという有様だ。

帰ってきても、わたしはお客さんとしてここにいるしかできない。居場所がないのだ。だがわたしにとって、この寄る辺なさは、なじみ深いものだった。部屋がわたしのものだったときでさえ、ずっと感じていたものだった。

わたしは、いつどこにいても、ここだって思えないできた。たとえ輪のなかに混じっていても、ふとした瞬間にちがう、自分はここじゃないと感じてしまう。近しい関係であるほど顕著で、その最たるものが、わたしにとっては家族だった。

家族について考えるとき、わたしはなにでもないわたしの歴史について、改めて思いを馳せずにいられない。女の人と男の人がくっついて、子どもができて、まただれかとくっつくことの繰り返しが家族というものを作るならば、男とみなされる身体で男を愛し、なにでもない性をもつわたしが、上手に存在できないのも仕方がないだろう。

彼らと談笑しているとき、ホットプレートで肉を焼いているとき、おなじおまんじゅうを割ってたべているとき、わたしはいつも血、って思っている。愛おしい人たちの肉体を流れてきて、わたしという地点で消滅する、この身を流れる血について。生殖をしなくてごめんなさい、ってだけじゃない。なにかもっとおおきなことを、やりそびれている気がするのだ。

もちろん彼らはわたしに、充分すぎるほどの愛情を注いでくれた。それは間違いのない事実であるし、歳を重ねるごとに、事実は重みを増している。増しているんだけれど、いや、増しているからこそ、わたしは気がつくと食卓を離れ、ひとりはるか真空地帯を漂ってしまう。ここはわたしの場所じゃないし、肉体も、わたしのものじゃない。間違って借りちゃったビデオみたいなものだ。わたしはそのビデオを、見ないで返したい気持ちなのだ。

そんなもやもやも、わたしはひとり真空地帯から見下ろしている。身体がそこにある、ということは理解できる。だけどわたしは、いない。

どこにもいない感じなのだ。

そして、ここにいない、いられないという痛みのために、わたしはわたし自身の時間のみならず、家族との時間も失ってきた。

その重大さを、自らの未熟さゆえに捨て去ってきた時間の取り返しのつかなさを知るのがこわくて、わたしはふるさとに帰ってこられなかったのかもしれない。

○

翌朝目が覚めると、おじいちゃんはさらに細くなっていた。布団に横たわっているおじいちゃんの、かたちのよい、割ったらいいものが入っていそうなおでこを、障子から漏れた日差しが照らしている。そこがすきで、わざと集まってきているみたいなひかり。

そういえば恋人の身体にも、よくこうやってひかりが集まってくる。わたしはしわになった毛布にくるまれて眠る彼のおでこと、ぴょんぴょんと跳ねまわる髪の毛をながめながら、だいじなものを預かってる、って思う。だいじにしなくちゃいけない。なくしても、こわしてもいけない宝もの。

胸がいたくなる。

「体調はどう」と明るく話しかけると、おじいちゃんは「へいき」と返してくれた。けれど、とても平気って感じには見えなかった。いつもはがんばって完食する朝ごはんも、今日はろくにたべられなかったらしい。

「いままで元気すぎたんだよ。やっと老人らしくなれたじゃない」と冗談めかして言うと、おじいちゃんは照れたように笑って「そんなことより、おまえ、彼氏とうまくやってるか」と言った。わたしはどきりとしながら、「うん、ラブラブだよ」とキスのジェスチャーつきで答えた。おじいちゃんは「ほお、そうかあ」と笑っていたが、ほんとはぜんぶ見透かされている気がした。

コロナがやってくる前の年末、恋人は一度だけ家に来て、おじいちゃんに会ったことがある。両親は旅行に出ていて、おばあちゃんは遠慮がちに「ママとパパを先に会わせたほうがいいよ」と言ってくれたけれど、なんとなくそのとき会わせたほうがいいような気がして、ほとんど無理やり連れてきたのだ。

しっかり者の妹もいてくれたおかげで、おだやかな時間を過ごせたものの、「また連れて来てね」と言ってもらったきり、あれよあれよという間にコロナが蔓延して、それきりになってしまった。

でも、それだけじゃない。わたしはここに、あまり恋人を連れてきたくなかった。家のなかのわたしの、どこにもいない感じを見せるのがはずかしかったし、彼の前でそうなったら、せっかく手に入れた自分が、東京で作り上げた現実が、すべて泡ぶくになって消えてしまう気がしていたのだ。

そう思い返してあらためて、わたしは彼といるときの自分の様子や、ありかたを尊いと思った。いまはもう、ここでの自分にとらわれていて、うまく思い描くことができない。

おじいちゃんは急に「眠る」と言うと、ぴたりと目を閉じて、すぐに寝息を立てはじめた。わたしはとなりに正座したまま、しばらくおじいちゃんの寝顔と、ひかりのあつまるおでこをながめていた。そこにはやはり、永遠の気配があった。永遠にこういう時間がつづくんだという感覚。この部屋で、お線香と畳のまざったにおいを嗅ぐたびに感じてきたものだ。

視線を感じて目をやると、いつもおじいちゃんと昼寝をしていたはずのクーが、ろうかから、なんともいえないうまのような目でこちらを見ていた。クー、おいで、と言っても、ぜんぜん寄ってこようとしない。

「おーい、裕一郎、めしくいにいくぞ」と父の声がして、わたしは音を立てないようそっと立ち上がると、言われるままに車へ乗り込んだ。

父は「近所にいいラーメン屋を見つけたんだ」と言いながら、どんどん正反対のほうへ車を走らせていった。気づいた母が、父の頭をひっぱたき、「なにやってんだよ、ボケ」と文句を垂れる。いつものふたりの感じだ。でも、父はへらへらと笑顔を浮かべながらも無言で、覇気がない。

しかたなくべつの中華屋さんに入ると、母は即座に「あたしラーメン」と名乗るかのように言い、父はもたもたとレバニラ定食を頼んでいた。だが、どっさりと湯気を立てるレバニラ定食と、しょんぼりした父の様子がかみ合わなくて、実際たべるのに苦戦しているようだった。ふだんなんでも早食いする父が、そんなふうにものを食うのを見るのははじめてだった。

わたしもあまりお腹が空いておらず、「ラーメンでいいや」と母の注文をなぞったのだが、投げやりな感じで言ったのが、厨房にいる若いコックさんに聞こえてしまったようで、むっとした顔をされてしまった。こういう感じで人を傷つけるのがいちばんつらい。ラーメンはおいしくもまずくもなかった。でもおいしいんだっていう演技を、わたしは祈るように横顔でやった。

帰りの車で、やっとおじいちゃんの話になった。ついこのあいだまで自転車に乗ってスーパーに行って、一日二回のクーの散歩も、家じゅうの掃除もこなしていたのに、放射線治療の影響でたべる量が減ってから、どんどんやつれていったという。だるさのはっきりとした原因はまだわからないが、主に父とおばあちゃんだけで介護に奔走しているらしく、だからふたりだけが妙にやつれていたのだとわかった。かつてヘルパーだった母は必要以上のことはせず、一歩引いたところから、それをながめているらしい。

「あたしやだから。他人の親なんて介護するの」

無理もない。おじいちゃんと母は、べつに仲が悪いわけではないけれど、昔からちょっとした天敵みたいな関係なのだ。そして、おじいちゃんが母の天敵であるならば、わたしにとっても、おじいちゃんの存在は長いあいだ、天敵としかいいようのないものだった。

はっきりと覚えている。幼稚園にいくのがいやでぐずっていた四歳のわたしに、二十代半ばだった母が言ったのだ。

「ねえゆうちゃん、ママもつらいの。毎日、おじいちゃんたちにいじめられてるの」

世界がひっくり返った瞬間だった。家の外ですでにジェンダーに打ちのめされていたわたしが、最後の砦を失った瞬間でもあった。

いわゆる嫁いびりがあったとは思わない。ただ、嫁として家のなかに存在するだけで、母はつねに、労働や感情を搾取される存在であったろうし、肩身のせまい思いをするときもあったと思う。

そんな母の味方でありたい一心で、わたしは、おじいちゃんとおばあちゃんを母の天敵とみなしてきた。もちろん頼まれたわけではない。自分で勝手にそうしていたのだ。

とくにおじいちゃんのことは、家父長の象徴として、憎悪さえしていた。おばあちゃんがまだたべ終わらないうちに、お茶の用意をさせるのも男尊女卑だと思っていたし、母の料理にしょっぱいだとか文句をつけるのも同様だった。

そのうえおじいちゃんはものすごい心配性で、年がら年中なんらかの心配をしていたのだが、反抗期だった妹が、なかなか家に帰ってこないときなんて、大変だった。寝ている母を叩き起こして、あの子はいまどこにいるんだ、いますぐ連絡をしろと問い詰めにくる。人一倍気が強いはずの母がおびえている様を見て、わたしは時折怒鳴ったりした。

「うるさいジジイ、とっと寝ろ」

こんな家に嫁いで、母は不幸だと思っていた。その母を、わたしだけが守れるのだと思っていた。

いまにして思えば、やられっぱなしの母ではないのだった。シンクに落ちた肉を食わせたり、真っ向から歯向かったりもしていた。

わたしはある側面からしか、おじいちゃんと母の関係を、家族というものをとらえられていなかったと思う。家父長うんぬんも一理あるだろう。だが家というものは、人間というものは、わたし自身がそうであるように、もっとあいまいで意味不明なのだ。無論これは、フェミニズムの限界などではない。

わたしの限界である。

帰りの車で、どんぶりいっぱいのラーメンと、父の残したレバニラ定食の入った母のまるい背中をながめながら、想像していたより、うちはきびしいことになっているかもしれない、とわたしは危機感を覚えた。

ためしに、ちょっとおだててみるつもりで、「ママが元ヘルパーで助かったね」と言ってみると、父は「ああ」と、ためいきにまぜこむように言った。「ママがいてくれてよかった。おれの、自慢の妻だ」。べつに皮肉で言っているわけではない。父は本気でそう思っているのだ。

「そんな、おべっか使ったって……」と言いかけた母の目が、すこしだけ赤くになっていた。ふいに父の言葉の純真さに触れて、ぐっときてしまったのだろう。これでいて母は繊細なのだ。

夜は京都から越してきたとしおじちゃんとゆみおばちゃんも家にやってきて、みんなでごはんをたべた。見事な十五夜の晩で、おじいちゃんはふらふらなのに、「おれも月を見たい」と言って、久々に外に出て行った。けれど、月はちょうど工場の煙突のかげに入ってしまって、見ることができなかったらしい。わたしはそのことが、ものすごくかなしかった。またこんどねって、うそでも言えない気がした。

それからおじいちゃんは、おばあちゃんに支えられてお風呂に入っていた。わたしは、すっぱだかのおじいちゃんと、どう向き合ったらいいかわからなくて、じれったい距離で見守っていることしかできなかった。お風呂からあがったあと、パジャマを着せるのも一苦労だった。きっとなにかこつがあるはずなのに、焦るばかりでうまくできない。どう手伝ったらいいかもわからない。母はそのそばで、相変わらずそっぽを向いている。仕方がないとは思いつつも、黒い感情が芽生える。

おじいちゃんを寝かせたあと、改めてみんなで、ようやく見やすい位置にあがった十五夜の月をながめた。おばあちゃんはおおはしゃぎで、スマホを片手に、写真が赤くなるのはどうしてかとか、保存したのをみんなに送るにはどうしたらいいのかとか、矢継ぎ早にとしおじちゃんにたずねていた。メモを取りながら聞き終えると、「こんどこそきれいに撮りたい」と言って、また元気よくスマホを月に向ける。一日じゅうおじいちゃんの介護をして疲れているはずなのに、そんなの微塵も感じさせない。この人はほんとに、ちいさな子どもみたいなこころの人だ。わたしは、こんなに純粋で明るいおばあちゃんのことも、ずっと敵だと思って生きてきた。

みんなでわあわあ言いながら月を見上げているあいだ、わたしはひとり、天と地がまざりあうような感覚に襲われていた。わたしが抱えている罪や罰も、いっしょになってまざりだす。そのどちらも、わたしの身体からはみださないでと思う。ここにいるほかのだれにも味わわせたくないし、味わうべきではない。でも憎しみが、まだほんのちいさな憎しみが、外に向かおうと暴れている。ぐちゃぐちゃにしたい。ぐちゃぐちゃにしてやりたいという欲望。

となりでは母が、コッペパンみたいな手でスマホを持って、澄んだ目を月に捧げていた。父も、としおじちゃんも、ゆみおばちゃんも、おなじように月を見ている。

たしかに、目にしみるほどの満月だった。でもわたしはやっぱり、ひとりここじゃない、べつのところから、それを見下ろしている気がしていた。

○

うんとちいさなころ、おじいちゃんと手をつないで、近所のデパートへ買い物に出かけたことがあった。おじいちゃんが天敵になる前だから、まだ三歳くらいだったと思う。おじいちゃんとふたりきりで出かけたのは、あとにもさきにもそれきりだったように記憶している。

ひととおり買い物をすませたあと、なにを思ったのか、おじいちゃんはわたしを、デパートの一角にあるゲームコーナーへ連れていってくれた。にぎやかなゲームコーナーに、無口なおじいちゃんとふたりでいることがむずがゆくて、おさないわたしは妙に緊張していた。

いちばん目立つ一角に、大好きなセーラームーンのゲーム機があった。お金を入れて、ハンドルをまわすと、ルーレットがはじまって、当たれば特製のジャンボカードが出てくるというしろものだ。ハンドルは、セーラームーンの胸のブローチとリボンを模している。

「はい。いっかいだけやってみよう」

おじいちゃんが言うので、わたしはおそるおそるハンドルを回した。好奇心よりも、おじいちゃんのやさしさに報いなければと、白々しくはしゃいで見せていたと思う。そういう子どもだったのだ。

結果として、ルーレットは外れてしまい、わたしはカードを手に入れることができなかった。「はい、残念」と言って、おじいちゃんは苦笑していた。わたしは自分のことよりも、おじいちゃんのために、カードを当てたかった。思いきりよろこんでみせたかった。

「じゃあ、帰ろう」と歩きだしたおじいちゃんの手はつめたく、母とも父とも、自分ともちがう手だった。そこには、時が存在しないとしかいいようのない荘厳さがあった。たぷたぷしたわたしの指を、その手がぎゅっとくるんでいる。

見上げたおじいちゃんの顔は、うれしそうでも、たのしそうでも、不機嫌そうでもなかった。けれど無感情とも言い難い。なんでおじいちゃんはセーラームーンのゲームをやらせてくれたのだろう。いくら考えてもわからなかった。わからないから、自分を責めた。

カードを当てるべきだった。よろこんでみせるべきだった。

おじいちゃんについて思うとき、わたしはいつも、あのゲームコーナーでの記憶が浮き上がってきていた。そしてちぐはぐな空気と不安感が、そのまま胸に再現される。何度反芻しても、わたしには、あのときのおじいちゃんの気持ちが、わからなかった。

もともとおじいちゃんは、普段からわかりやすく愛情を示したり、厳しくしたりもしない人だった。おばあちゃんにたいしてはもちろん、わたしや妹にたいしてもそうだった。

男らしくしろとか、つよくなれとか、いやなことを言われたことは一度もない。

ただ、そのままでよいとも言われた覚えもない。いつも透明な態度でそこにいるだけだった。

わたしは、すべてを透明に還元してしまうおじいちゃんの存在を、途方もないほど遠くに感じていた。かと思うと、とつぜんなにかを心配しだし、あわあわしながら目をひんむいて、だいじょうぶなのかとたずねてくる。それも何度もだ。わたしは、おじいちゃんという人がどういう人なのかわからなかったし、こわいとも思っていた。

だから、おじいちゃんは天敵であるというものがたりは、わたしにとって飲み込みやすかったのだろうし、敵にしてしまうほうが、愛されようとするよりもかんたんだったのだろうと思う。

わたしはしょぼい。

おじいちゃんと打ち解けたのは、家を出てしばらく経ってからのことだった。

母をヒロインに据えたものがたりを抜け出だして、まっさらになったわたしは、あらためて家族と関わってみたいと思うようになっていた。それは、「おかま」の自称をやめて、ただの男の子として生きようとあがいていたわたしが、つぎにだいじにしていた目標だった。

だが、三年ほど経って心身が落ち着き、ようやく取り組もうとしていた矢先、ずっとそばにいてくれた友人がしんだ。

しばらくのあいだ、体感ではとても長いあいだ、ひどい日々を過ごした。かなしみや、憤りだけではない。自死というものが周囲や社会に与える、目の前の地面がごっそりと消えてなくなるような衝撃を前に、選択肢を奪われたような気持ちがあった。それまで、いざとなったらしんじゃおう、なんて気楽に考えていたわたしは、もうそれを、ぜったいに選択できなくなったのだ。

とにかく生きなくてはいけない、という事実の重さに、わたしはただ圧倒されていた。寝ても覚めても、そればかり考えてしまう。

やがて一睡もできなくなった。眠ろうとすると、いつも華やかだった彼女が、警察署でつめたく横たわっていた姿、無様としか言いようのない死に顔が思い出されて、わっと飛び起きてしまう。

当時彼女のまわりにいた友人たちの多くはマイノリティではなく、子どもができたり、結婚したりして、どんどん先に進んでいっていた。そのことも、くるしさの一因だったように思う。わたしはだれとも気持ちを共有できず、いつまでも警察署のあの薄暗い霊安室から進めないでいた。まるで彼女に呪われているみたいに。

そんなとき、家族のなかでは唯一といっていいほど心配してくれたのがおじいちゃんだった。毎朝、八時ぐらいになると、かならず電話がかかってくる。

「もし。なんだおまえ、今日も眠れないのか」

はじめは電話がくるたびに面食らっていたけれど、あまりに連日かけてくるので、わたしにとって、おじいちゃんからくる電話だけが、一日のうちで唯一の、はっきりとした決まりごとになっていった。それは混沌とした当時の暮らしのなかで、ここがどこかを示すあかりのようなものだった。

「眠れないよ。でも平気」

と答えると、おじいちゃんは「ほう、そうか」と言って、照れくさそうに笑いながら、毎回おなじように「仕事はどうだ」とか、「なにをつくってるんだ」と聞いてくる。

はじめはうっとおしかった。だがいつしか、わたしはおじいちゃんからの電話をたのしみに待つようになっていた。生まれてはじめて、他愛のない雑談をするようにもなった。

聞くと、おじいちゃんも、たまにいろいろと心配事が思い浮かんで、眠れなくなる日があるという。そういうときどうしてるのとたずねると、たった一言「天井、見てる」。

「それで、つぎはいつ帰ってくるんだ」

電話の最後に、おじいちゃんはかならずたずねてきた。繰り返し、繰り返し、たずねられるうち、わたしはだんだんと、おじいちゃんという人が発している愛情のかたちがわかってきた。同時に、謎の時間として冷凍されていたゲームコーナーでの記憶が氷解しはじめた。あのときおじいちゃんは、精一杯、わたしをよろこばせようとしていたのかもしれない。カードが当たらなくてくやしかったのは、おじいちゃんのほうだったのかもしれない。

ある日おじいちゃんが、若いときの話をしてくれた。農家の末っ子として生まれ、ふるさとの長野には居場所がなく、国鉄への就職で横浜にやってきたときのことだった。都会へと走る夜汽車のなかで、膝にボストンバッグを抱えながら、青年だったおじいちゃんは誓ったらしい。

もう、こんな変化はこりごりだ。おれの人生は、平凡でいこう。ずっと平凡に、暮らしていこう。

それを聞いて、わたしはやっとおじいちゃんという人がわかった気がした。

おじいちゃんをいびつにさせていたのは、すべてその日のおじいちゃん自身だったのだ。支配的に見えかねないほどの心配性も、せっかちも、ふだんの淡白さも、すべては平凡でありつづけたいという、若き日の誓いによるものだったのだ。だから感情も、一日の流れも、すべてきっちり、適切な量と質を振り分けて、守る。めずらしくおばあちゃんとふたりで出かけても、早く帰ろうとせっつくし、家族の帰りが遅いのなんて、耐えられない。おかずの味が、いつもとちがうだけでも心配だし、せっかくお客さんが来ていても、お酒は一杯だけで打ちとめて、さっさとお風呂に入って寝てしまう。

すべてが、平凡な日常を守るための儀式であり、それを九十二年ものあいだ保ちつづける執念が、おじいちゃんをつくっていたのだ。

かと思えば、びっくりするほどおおらかな面もあった。母がどうしても犬を飼いたいとごねたとき、わたしのアレルギーを心配して、父をはじめとする家族じゅうが反対していた。田んぼで野犬に追い回された過去をもつおばあちゃんも、めずらしくつよい態度で反対していたように思う。にも関わらず、おじいちゃんだけが、母に言ったのだ。

「まあ、よいでしょう」

おまけに、朝夕二回の散歩も、ほかのだれでもない、おじいちゃんが担当してくれていた。そのせいか、ジュディはだれよりも、おじいちゃんになついていた。

そのジュディが、ちょっと目を離した隙に誘拐されるという事件があった。母と妹は泣き、父はしょげ、家じゅうが暗くなっていた。そんななか、おじいちゃんは機転を利かせて、ジュディのものがなるべく家族の目に入らないよう、さりげなく隠してくれていたらしい。そして近所の小俣さんが、たまたまジュディを発見したときも、まっさきに現場に急行したのはおじいちゃんだった。あとから追いついたわたしと母に、「いたいた。いたよう」とうれしそうに笑いかけてくれたのを覚えている。

長い寿命を終えたジュディがいなくなると、母はさっそくつぎの犬を飼おうとしていた。ジュディがかなしむからと、また家族じゅうが反対していたにも関わらず、「やだね、あたしは飼うんだ」と言って聞かない。

そのときだって、おじいちゃんは母に言ったのだ。

「すきにしな」

そうしてクーはやってきた。ジュディのときから引きつづき、おじいちゃんは朝夕二回の散歩をかならずしてくれた。「健康にいいから」と言って。やがてクーが、ヒルに巻きつかれたときも、熱中症でしにかけたときも、キンタマが腫れあがって去勢するはめになったときも、おじいちゃんは動揺する家族を前に、ひとり冷静だった。普段あれだけ心配性なのに、やけにどっしりしているのだ。

わたしに恋人ができたとき、まっさきに肯定してくれたのも、おじいちゃんだった。

「いいんだよう。いまは、自由な時代なんだから、なんだっていいんだよう」

わたしがその言葉に、どれだけ救われたかわからない。ありがとう、と言うと、また照れたように笑って、「いいんだよう。いまは、自由な時代なんだから、なんだっていいんだよう」と繰り返していた。

ただ、エイズのことは気がかりだったようで、わたしの身体に、急になぞの赤い斑点が現れた際は、血相を変えて心配していた。結局、母が愛用していた化繊の安いスポンジで、ごしごし身体を洗いすぎたというまぬけな理由による湿疹だったのだが、検査の結果がわかる日になると、朝から電話が鳴り止まなかった。ようやく電話に出て「そんなに心配しなくてもだいじょうぶだよ」と答えると、「心配だよう。だって、だいじな孫だものお」と、涙ながらに言ってくれた。そのときわたしはおじいちゃんを、はじめてかわいいと思った。

おじいちゃんは、平凡でありつづけた人だった。それは偏屈にさえ見えるほどに。だが、いざというときには、溜め込んでいた力を発揮して、わたしたち家族を守ってくれる。必要なときに、必要なぶんしか見せてくれないから、すごくわかりづらいんだけれど、それがおじいちゃんなりの愛情だったにちがいない。

そんなおじいちゃんに、わたしはまだなにも返せていない。ごはんのひとつもおごってやれていない。
しぬなんて冗談じゃない。ここにいてくれなくてはこまる。
ほんとにこまるのだ。

○

おーい、おーい、と声がして階下へ下りていくと、おじいちゃんが必死になにかをさけんでいた。和室のふすまを開けて、どうしたの、とたずねると、おじいちゃんは「だから、ラジオを持ってこいって言ってるじゃない」と、苛立ったように言いながら、わたしを見て、はっとしたように口をつぐんだ。どうやら、わたしをおばあちゃんと間違えて怒鳴ってしまったらしい。

おじいちゃんの、そんな子どもみたいな態度を見たことがなかったわたしはびっくりして、「ラジオがほしいんだね。待ってて」と、早々に寝室をあとにした。

リビングに出ると、おばあちゃんはテレビを見ながら体操をしていた。「よいしょ、よいしょ」と軽快なピアノのリズムに乗って、うでをぶらんぶらん動かしている。本人は認めないけれど、このところすっかり耳が遠くなっているのだ。わたしが下りてきたことにも気づいていない。

「いしちゃん、おじいちゃんがラジオほしいって。どこにあるかわかる?」と、一音一音はっきりと区切るように言うと、「ラジオなら、本棚にあるよ、わたしは、体操してるから、えい、えい、ゆうくん、持って行ってあげて、えい」と、上体をぐるんぐるんまわしながら言った。

銀色の、だれにとっても友だちみたく思えそうな小型のラジオを持って寝室に戻り、おじいちゃんに手渡すと、おじいちゃんは、いつもどおりの淡々としたおじいちゃんに戻って、「はい、ありがとう」と言ってくれた。でもわたしは、見てはいけないものを見てしまったようなどきどきがおさまらなかった。どうしても、おじいちゃんの苛立った声が頭から離れない。おばあちゃんが、もしかしたら、たまにああして怒鳴られているかもしれないことにも(まるで聞こえていないにせよ)、胸が痛んだ。

「ちょっと出かけてくるね」と、玄関を飛び出して自転車にまたがり、わたしはおじいちゃんのいる家からにげた。わたしはいつもにげる。

巨大にもほどがある住宅地のダイソーへ行った。迷宮のように入り組んだ店内は、波打つわたしの精神を包囲するように、どこまでもどこまでも広がっている。せっかくだから、おじいちゃんのために、熊鈴を買った。これをめいっぱい振れば、おばあちゃんの耳にも届くだろうと信じて。つづけて、レストランに置いてあるような呼び鈴も買った。しめて二百円だ。わたしの財力では、これくらいしかできることがない。

ダイソーを出ると、わたしはまだ帰る気になれなくて、ふらふらと自転車を漕いで、なるべく自然のある町のはずれを目指した。すると、数年前に母方の祖父を亡くした病院に出くわした。ぼんやりとしか覚えていなかったが、こんなところにあったのか。あたりには広大な畑が広がっており、向こうには丹沢の山系が連なっている。かつてこの景色を見て、わたしは世界の果てだ、と思った。『焦心日記』にも、そう書いたように記憶している。

たしかにいまみても、そう思わせる実力があった。世界の果てみ。わたしはしばしあたりを散策しながら、市街地では見られない、ふるさとのべつの顔を見た気がしていた。

しばらく走っていくと、学校の裏に古びた文房具屋を見つけた。気まぐれに入ってみると、セーラームーンの指人形が売られていた。おそらく九十年代当時から店に残っていたものだろう。

これくださいと手に取ると、ただでいいよとお店のおばさんが言うので、お言葉に甘えてもらってきてしまった。ついでに駄菓子とシャーペンも買う。

文房具屋を出てから、ふたたび畑の道を走り、開けたところで自転車を止めると、わたしはおおらかで雄大な景色をながめながら、鉄塔の隙間をくぐってきた、ぎょっとするほど荒涼とした風に吹かれた。

そして、文房具屋でもらったセーラームーンの指人形を握りしめて、うさぎちゃん、と思う。

いつも迷うたび、こんなときうさぎちゃんなら、セーラームーンなら、どうやって立ち向かうだろうと、わたしは想像する。

わたしは、家族や友人、ときにはわたし自身とすら離れるときがあっても、セーラームーンから離れたことは一度もない。ずっといっしょだったし、これからもそうだろう。ここ世界の果てに於いてもだ。

どうしてそんなに好きなのかとたずねられることもあるが、多くの人がそうであるように、幼少期の記憶がまずある。わたしの、失われた子ども時代の、きれいなところを切り抜いてあつめたら、セーラームーンというかたまりになるのだ。

しかし、ノスタルジーや愛着のみで、セーラームーンを好きでいるわけじゃない。それだけだったら、わたしだけじゃなく多くの人が愛しつづける作品にはならないだろうし、どんどんあたらしいセーラームーンが生まれてくるってこともないだろうと、新作のミュージカルを観るたびに思う。

すくなくともわたしが考える、セーラームーンの魅力とは、「あたし」であり、「あたしたち」であると思う。うさぎちゃんが、「あたし」と言ってつよい瞳をこちらに向けてくれるとき、わたしもおなじ瞳になれる。「あたしたち」と言ってくれるとき、わたしも、ひとりじゃないと思える。となりにだれもいなくても、ひとりぼっちみたく思う日も、見えないつながりを信じられる。それは、セーラー戦士のなかに、「男でもあり、女でもある」天王はるかと、パートナーである海王みちるが存在することがおおきい。もし彼女たちがいなかったら、「あたしたち」という言葉のなかに、わたしや、多くの当事者たちはいられなかっただろう。

セーラームーンがわたしに感じさせてくれるのは、人として、マイノリティとしての誇り、プライドそのものだ。「あたし」と思えること。「あたしたちセーラー戦士が、負けるはずないわ」と思えること。「あたし」「あたしたち」と唱えたときに、無限に涌き出でる力のすべてが、セーラームーンの魅力なのだ。

わたしは月野うさぎという人が、この世に実在しないとは思えない。だって、いるじゃないか。わたしがその証ではないか。

だからいつも、こまったときは、うさぎちゃん、って思う。彼女がそうするように、変身ブローチを握りしめて、思いきり呪文をさけんで、かっこよく、つよく、強大な敵に立ち向かっていきたい。

うさぎちゃん、うさぎちゃんは、おじいちゃんの怒鳴り声を聞いてしまったとき、どうしますか。

さすがに指人形から答えは返ってこない。返ってこないから考える。

わたしはおじいちゃんが、ときに情けない姿を見せながら、刻一刻といのちを滅却させていく現実と、どう向き合ったらいいのだろう。

帰宅すると、わたしは不自然にはつらつとした態度で、おじいちゃんの布団のそばに買ってきた熊鈴と呼び鈴を置いた。「こまったらこれ、鳴らして。ぜったいにうちが気づいて、飛んでくるから」「はい、ありがとう」とおじいちゃんは言い、「トイレにいきたい」とつぶやいた。そばにだれもいなかったので、わたしは内心ぎょっとしつつも、必死におじいちゃんを立たせて、抱きかかえるようにしてトイレへ連れていった。しかしうまく歩かせることができない。おじいち

ゃんの身体には芯がなく、ちょっとしたキャリーケースくらいの軽さになってい
て、そういえばおじいちゃんに触れること自体、幼少期ぶりだったと気がついた。
ようやく便器に座らせ、ほっとしたものの、そこからまた、ズボンを穿かせて、
ろうかを歩いて、布団まで戻るという行程を想像したらおそろしかった。おわら
ないでおしっこ、いっそ永遠におわらないでと思う。
あっけなくおしっこがおわり、なんとかおじいちゃんを布団に戻すと、おじい
ちゃんはしんじゃいそうに荒い呼吸をしながら言った。
「ありがとう。おまえはいい孫だった」
その声色には、おじいちゃんがそれまで見せないでいた感傷の気配があった。
わたしは「そんなことないよ」としか答えられず、なんでもないふりで寝室をあ
とにした。そんなわけない。わたしが、いい孫であったはずがないじゃないか。

○

山で暮らしている妹夫婦がやってきた。旦那の合気に会うのは、これで二度目だった。わたしはすこし緊張していたのだが、「おお、ゆうちゃん」と言って、問答無用でがっしりとハグをされて、ハグとかほんとはこわいわたしが瞬く間にもみ消されていくのを感じた。妹は「ちーは元気?」と、まず恋人のことを気にかけてくれたけれど、わたしは「うん、元気だよ」と言ったきり、目をそらしてしまった。殴り合いのケンカをして、しっぱなしのままここにいるなんて、はずかしくて言えない。

合気と会ったのは、コロナがやってくるちょっと前のことだった。わたしはてっきり、きちんと場を設けて会わせてもらえると思っていたから、いきなり妹に「今日うちに泊まりにくるから」と言われておどろいた。しかも合気は現れるなり、スーパーの惣菜をテーブルいっぱいにならべ、挨拶もそこそこにむしゃむしゃと食べはじめたのだ。「うまい、うまい」って、なにが起きたのだ。追い剥ぎにあったような気がした。おまけに彼は巨体で、キリストかターザンかのように髪が長く、筋肉も隆々としている。

妹は、わたしにとって、世界でいちばんの宝ものだ。こんな山賊みたいな人に、妹の人生を任せられない。そう思って、わたしは、結構つめたい態度を取ってしまった。妹は、わたしに恋人ができたときもよろこんでくれたし、はじめて会わせたときだって、かなりやさしくしてくれたのにだ。

妹が生まれてきたころのことを、わたしはよく覚えている。しばらく母がいなくてさみしかったこと。さみしがっていると思われたくなかったこと。赤ちゃんを抱えた母が、病院から出てきて、いっしょに写真を撮ったこと。アルバムには、所在無さげに母のスカートを握りしめて、腰に隠れるようにして立つ二歳のわたしと、レースにうずもれた赤黒い妹の姿が写っている。

妹は、めいっぱい祝福されながらうちにやってきた。大人たちがみんなよろこぶのを、わたしはじっと観察していた。どんなもんかと思ってゆりかごを覗き込むと、うずらのたまごのようなおでこと、ほわほわした髪の毛がそこにあった。泣くときは、くやしそうに泣いて、笑うときは、豪快に笑う。

自分とは、まったくちがうものが生まれてきて、それをだいじにしなくてはいけないのだということを、わたしはこころではなく、身体で理解していた。自分はもう、かわいくなくなっちゃったんだ、とも思ったけれど、べつにさみしくはなかった。

それから妹は、絶えずわたしの世界いちだった。いのちだってあげたって構わないと思っていたし、それはいまも変わらない。

しかし実際は妹にとって、わたしはけっしてよい兄ではなかったと思う。

なにでもなく発生したわたしの混乱は、妹の人生にも、少なからず影響を与えてきた。こころでは、妹をだいじに思っていても、いざ兄としての眼差しをうけると、振り払いたくなってしまう。腕を触られたりすると、突き放したくなる。わたしにとって、兄とみなされることは、男とみなされることと同義だった。

小学三年生のとき、入学したてだった妹が、下駄箱で吐いてしまったことがあった。わたしは、ひとり心細そうに、自らの吐瀉物と向き合って震えている妹の前を、ただ通り過ぎた。たすけてあげたいのに、手を引いてにげちゃいたいのに、お兄ちゃんらしいって言われるのがこわくて、できなかったのだ。おかげで、わたしはいまでも、下駄箱に立ちすくむ、黄色い帽子をかぶった妹の姿を思い出して、わっと声をあげてしまうことがある。なにを差し出してもいいから、あの日あの瞬間に戻って、妹をたすけてあげたい。妹が忘れていたとしても、わたしにはぜったいに忘れられない記憶だ。忘れてはいけない記憶だ。

母以外の大人を敵と見なす、という家族の世界観も、わたしは妹に押し付けてきた。いまにして思えば、どうしてわたしだけが母の兵隊なのか、という憤りや、嫉妬のようなものを、妹にぶつけていたのだと思う。家のなかに権力勾配があるかぎり、支配と被支配の関係は入れ子式に再現されつづけるのだ。

母は母で、妹をすてきなお嬢さんに仕立てようと必死で、好みでないバレエを習わせたり、いくべきでないような塾に通わせたりしていた。わたしは、暗い顔で塾の教室へ入っていく妹の姿も、また忘れられない。どうしても塾にいくのがいやで、駅のベンチで半日つぶしたこともあったという。たった十歳の女の子がだ。わたしはそれを妹から打ち明けられたとき、どうしようもなく母をなぐりたくなった。妹の好きなことをやらせてあげるべきだとさけびたかった。けどできない。わたしは母の兵隊なのだ。

わたしにとって妹は、世界いちだいじなはずなのに、うまく表現しきれない、愛し方のむずかしい存在だった。そのねじれが、夜毎おそろしい妄想を招き、幼少期のわたしは眠れなくなることもしばしばあった。明日にでもなにかわるいことが起きて、妹がいなくなってしまうんじゃないかと思えてならないのだ。どうかそうならないようにと、一時間くらいかけて祈るのが、わたしの眠る前の欠かせない儀式だった。わたしなんかどうなってもいいから、妹にだけは無事であってほしい。でも、わたしがどうしようもないせいで、神さまには叶えてもらえないかもしれない。ひどいことが起きるかもしれない。

それはわたしへの罰として。

妹にとって、そんな不安定な兄の姿は理解不能だったろうし、わたしや母がいるせいで、家はけっして居心地のいい場所ではなかったと思う。だから彼女は、積極的に外に出て行こうと、はやいうちから足掻いていた。ここにそのすべてを記すことは、彼女のものがたりを、わたしのものがたりに組み込んでしまうことだから控えるが、どんな険しい山にも、妹は体当たりでぶつかってきた。物理的にも、精神的にもだ。そして行く先々の場所で、多くの経験と仲間を得てきた。

そんな妹の人生のすべてを、わたしは輝かしく、誇らしく思っている。けれど彼女から力を奪ってきたのは自分だ、という罪の意識が、消えたことはけっしてない。わたしさえいなければ、紆余曲折なんか経なくても、はじめからいるべき場所にいられたはずだと思うのだ。

合気にはじめて会って、山賊のようだと感じてしまった日も、わたしは、自分がわるいのだと思っていた。わたしが、わたしの存在が、山賊を呼び寄せたのだと。

だが時が過ぎてみると、わたしの考えは杞憂だったことが、だんだんとわかってきた。結果として、合気は、わたしの願いをすべて叶えてくれた。ごみごみした都会にいないでほしいということも、遠くだけどほどよく近くにいてほしいということも（一度、ウルグアイへ嫁ぎそうになったことがあったのだ）、海も山もある場所にいてほしいということも、組織に縛られないでいてほしいということも、男尊女卑じゃない、やさしい人であってほしいということも、ぜんぶ。

合気の存在によって、わたしは、長い自責の念から解放されたと思う。眠る前の儀式は相変わらず欠かせないし、下駄箱に立ちすくむ妹の幻影も消えないが、以前ほどは縛られなくなった。猟に入った山でイノシシに追いかけられたなんて話を聞いたら、むかしのわたしなら卒倒していたと思うが、いまは笑ってすませられる。

もちろん、やってしまったことは消えない。消すつもりなど毛頭ない。わたしは生涯ひとりで、この事実と向き合っていくつもりだ。けれど、それはそれとして、わたしの一部は、ふたりの幸福によって救われたのだ。


おじいちゃんも、すっかり合気をかわいがっていて、ふたりの来訪をよろこんでいた。でも食欲は、さらになくなっているようだった。というより、毎日ちょっとずつたべられなさが増している。まるで蛹になる前の虫みたいに。そのぶん「おれが食います」と合気が大量に食い、おなじように食えなくなっている父とおばあちゃんのぶんも合わせて、米を三合くらいたいらげていた。

帰り際、おじいちゃんは「合気」と、びっくりするような大声でさけんで、合気を呼び止めた。そしてくるしそうに息を切らしながら、猟やら、大工の手伝いやらをしている妹の手にまず触れて、「おお、労働者の手だ」と言った。つづけて合気の手にも触れ、「頼むね」と一言だけ、でもしっかりと託すように言った。

合気は「オーケー、わかったよ。おじいちゃん、ハグしてもいい?」と言うと、おじいちゃんの肩をそっと抱いてポンポンした。

「またすぐにくるから、元気でいてね」

おじいちゃんは合気のうでのなかで、うんうん、と子どもみたくうなずいていた。

「ほんとに帰ってだいじょうぶかな」と心配そうな妹の様子に、どこか胸騒ぎを覚えながら、わたしはおばあちゃんといっしょに、車に乗って帰るふたりを見送った。おばあちゃんは、車が見えなくなってもまだ、ずっと手を振っていた。やがて街灯のない路地裏に、完全といっていい静寂がおとずれるまで。

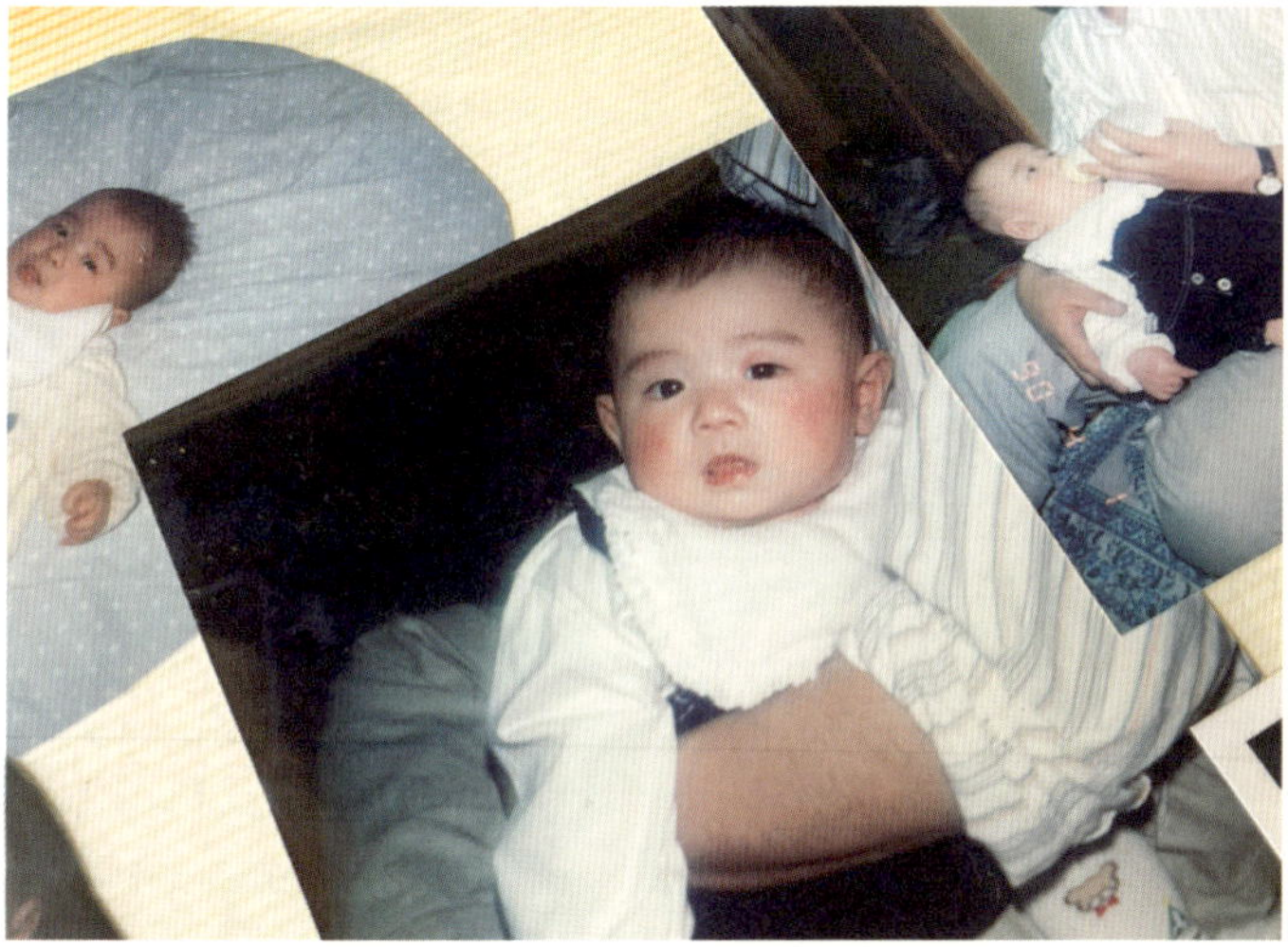

LITTLE FIGHTERS COMPANY
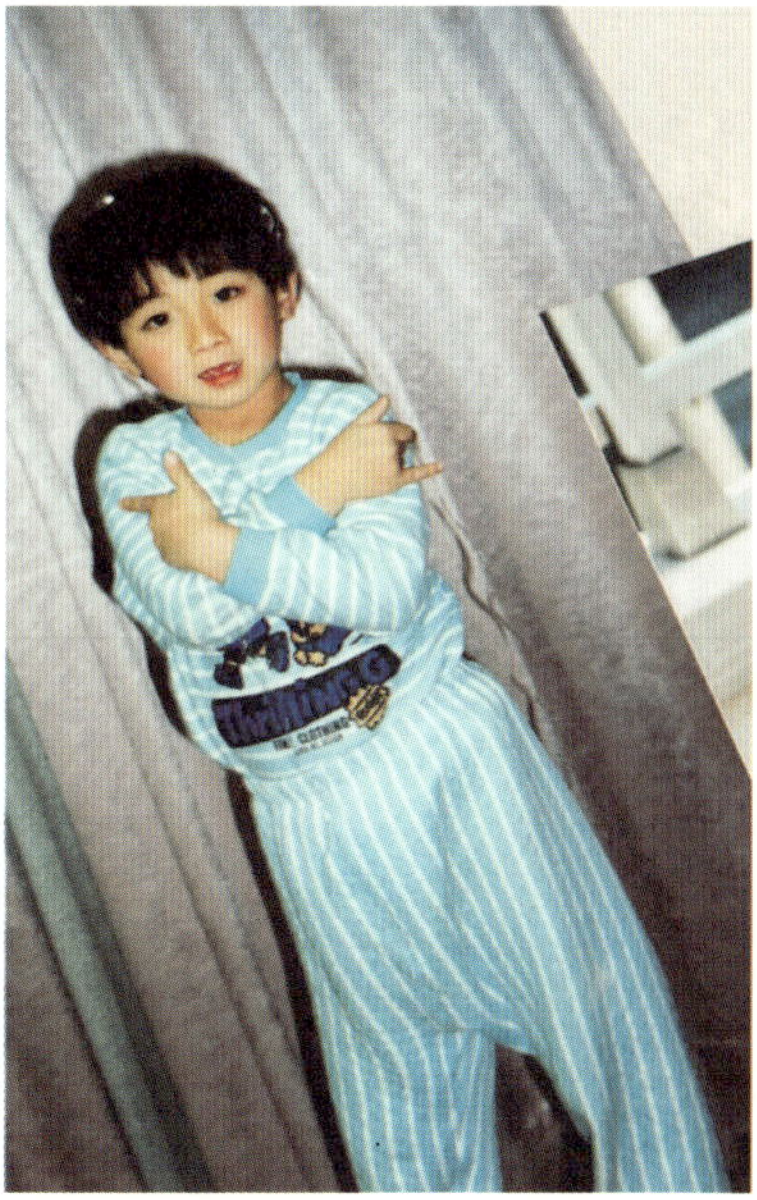

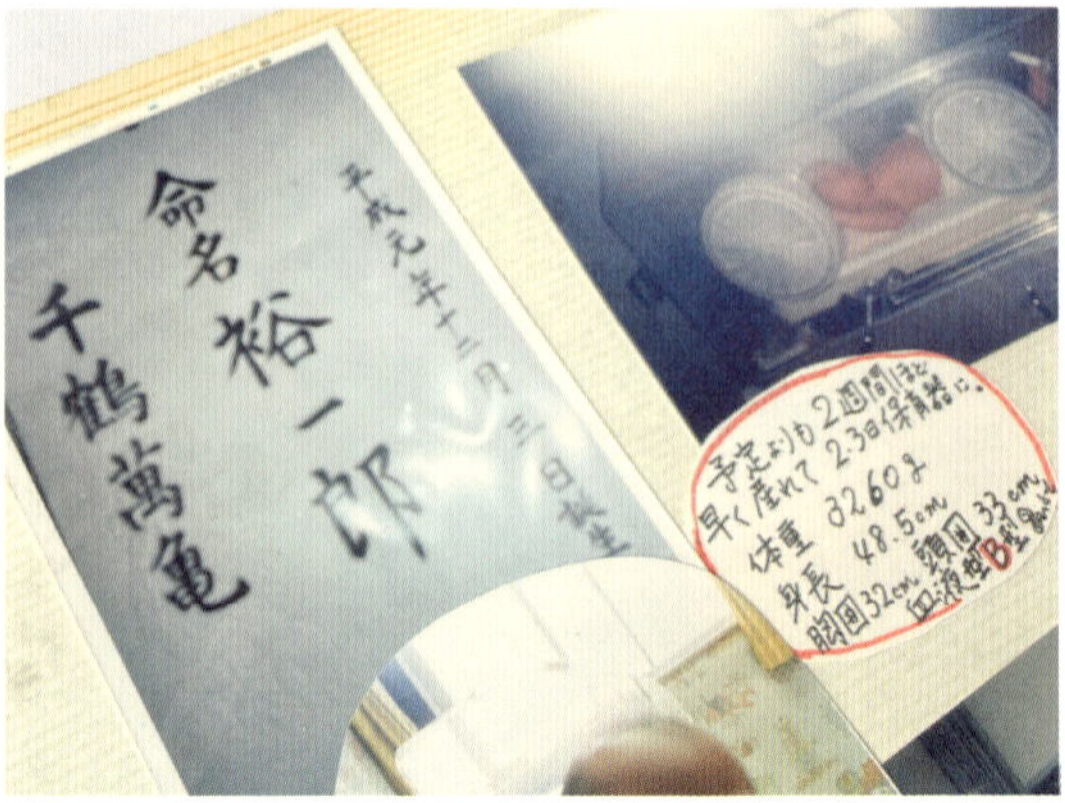
命名
裕一郎
千鶴萬亀
予定よりも2週間ほど
早く産まれて 2,3日保育器に。
体重 3260g
身長 48.5cm
胸囲32cm 頭囲33cm
血液型B型

好きなものが
かんきせんから
セーラームーンに
移行する

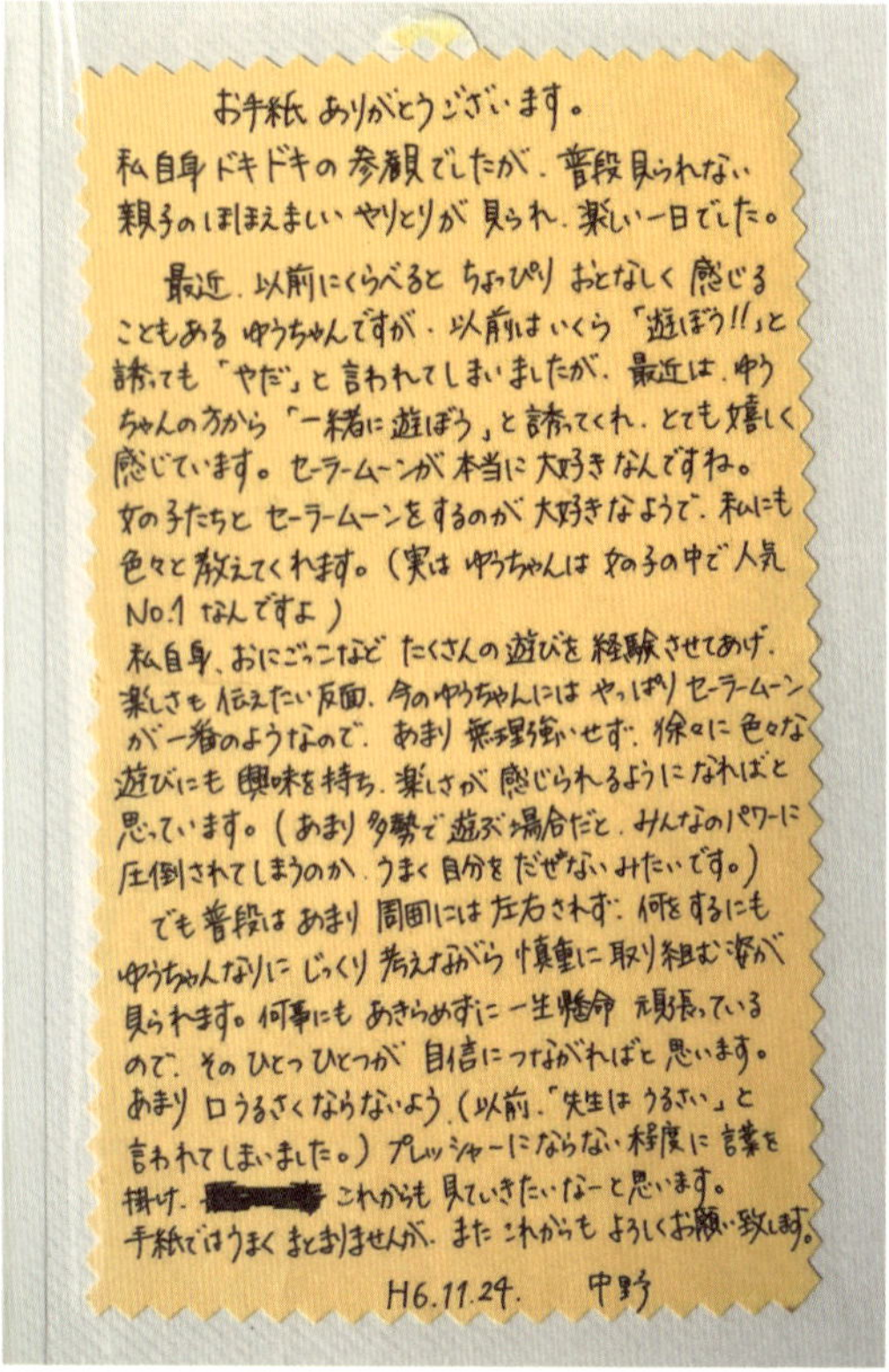

お手紙ありがとうございます。
私自身ドキドキの参観でしたが、普段見られない
親子のほほえましいやりとりが見られ、楽しい一日でした。

最近、以前にくらべるとちょっぴりおとなしく感じる
こともあるゆうちゃんですが、以前はいくら「遊ぼう!!」と
誘っても「やだ」と言われてしまいましたが、最近は、ゆう
ちゃんの方から「一緒に遊ぼう」と誘ってくれ、とても嬉しく
感じています。セーラームーンが本当に大好きなんですね。
女の子たちとセーラームーンをするのが大好きなようで、私にも
色々と教えてくれます。（実はゆうちゃんは女の子の中で人気
No.1なんですよ）
私自身、おにごっこなどたくさんの遊びを経験させてあげ、
楽しさも伝えたい反面、今のゆうちゃんにはやっぱりセーラームーン
が一番のようなので、あまり無理強いせず、徐々に色々な
遊びにも興味を持ち、楽しさが感じられるようになればと
思っています。（あまり多勢で遊ぶ場合だと、みんなのパワーに
圧倒されてしまうのか、うまく自分をだせないみたいです。）

でも普段はあまり周囲には左右されず、何をするにも
ゆうちゃんなりにじっくり考えながら慎重に取り組む姿が
見られます。何事にもあきらめずに一生懸命頑張っている
ので、そのひとつひとつが自信につながればと思います。
あまり口うるさくならないよう（以前、「先生はうるさい」と
言われてしまいました。）プレッシャーにならない程度に言葉を
掛け、[redacted]これからも見ていきたいなーと思います。
手紙ではうまくまとまりませんが、またこれからもよろしくお願い致します。

H6.11.24.　中野

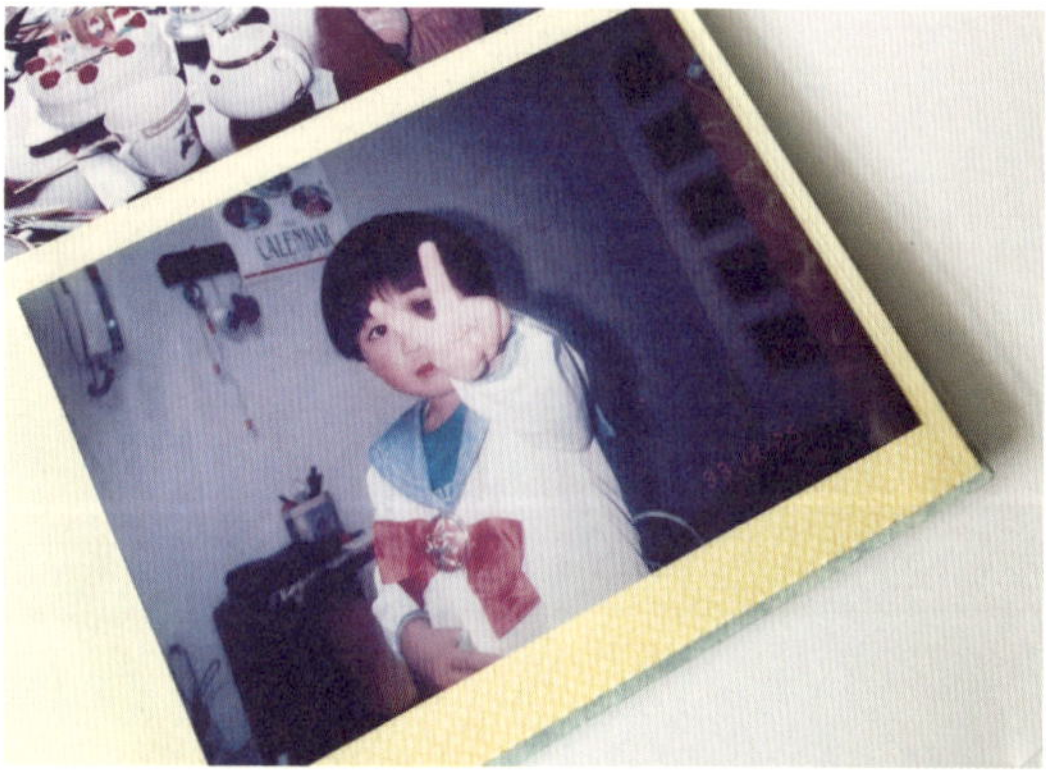

H5.5.24
「ゆうちゃん泣いちゃったの、ママがおりこうにしてないから」

一才になりました。でもなかな
歩き出さず… 家の中は小さな
今はおばあちゃまの鏡
ターゲット。くちべにとめ
とかしたり。大人とよく
1才 体重 9.5kg 身長 73cm
突発性発疹により
40度のねつがでる。

○

検査の日がやってきた。おじいちゃんは、父とおばあちゃんに連れられて、朝から大学病院へ出かけていった。わたしは、寝室からリビングに出るだけでもしんどそうなおじいちゃんを、一日がかりで検査するなんて無謀だと思ったけれど、ほかならぬおじいちゃん自身が、どうしても病院に連れていけと言うのだ。朦朧としながら母の腕を掴み、「どうか連れていってくれ、金なら出す」とまで口走ったらしい。

おじいちゃんは、ちょっとでも気になることがあったら、すぐに病院へ行くひとだった。よって、だいたいの病気を早期発見で返り討ちにしてきた。生き延びたいとか、健康にこだわっているというよりは、とにかく不安でいることに耐えられない、といったふうなのだ。

現時点では、だるさだけで、どこも痛くないというが、おじいちゃんはそのうち痛みが発生すると信じているらしい。実際、前立腺がんが再発したとわかったときも、おじいちゃんはしんでしまうかもしれないってことよりも、痛みへの不安でしょげていた。そして、「おれは兄貴たちのように、くるしみながらしぬんだ」と弱音を吐くのだ。

今回検査に行きたがったのも、治療や延命のためではなく、お医者さんの口から、はっきりとどうなるか聞いておきたかったからにちがいない。たとえ満身創痍になろうとも、いっさいの不安を排除したいのだ。すごくおじいちゃんらしいこころのうごきだとわたしは思う。わかる、とも思う。

留守のあいだ、わたしは風呂の掃除を頼まれた。うちの風呂掃除は、もう何十年もおじいちゃんの担当だった。それについて、とくに思うこともなかったが、いざおじいちゃんが動けなくなると、うちのタイル張りの風呂は、どんなにごしごし洗っても、以前ほどはかがやかなくなった。おじいちゃんは、いったいどれだけの力をもってして、タイルのひとつひとつを、ほんのホクロ程度のカビを、水あかを、こっぱみじんにしていたのだろう。なにをおそれていたのだろう。

わたしはネットでしらべた重曹のペーストをつくって、汗だくになって汚れと格闘したけれど、結局ろくな成果は得られなかった。九月になったとはいえ西日の当たる風呂場は蒸し暑く、猛烈にビールが飲みたくなった。飲んだ。

それからクーの散歩に行った。クーは、エリザベス女王の顔を尿まみれにした日から、大好きだったはずのおじいちゃんに、近づこうともしない。ほら、と顔を近づけても目をそらす。しらべたら、犬が目をそらすというのは、ストレスから回避したいという意味があるそうだ。

クーにとって、おじいちゃんのいまの状態はストレスなのだ。こわいのだ。

夕方になって、ようやくみんなが帰ってきた。おじいちゃんは車を降りるなり、倒れこむようにして玄関に入ってきて、わたしはばしゃっと、おじいちゃんの中身がこぼれてしまったんじゃないかと思うほどだった。おばあちゃんも、そんなおじいちゃんを気遣う余裕もないほど疲れきっていて、すぐさま「ちょっと眠る」と座布団に横たわってしまった。運転をしてきた父も疲れ切っていて、「ああ、たいへんだった」と、リビングで大の字になって寝てしまった。思えば父だってもう六十代半ばなのだ。

　しばらくすると、おばあちゃんがひとり起きてきた。もうすこし休んでいたら、と言うと、「それより気になることがある」と、棚からなにかを取り出した。頭にはトサカのような寝ぐせがついている。

「今日おじいちゃんの検査にいったら、まえにわたしもレントゲンを撮ったなって思い出したの。先生がデーブイデーに焼いてくれたんだけど、これ、見てみたい」差し出されたディスクの表面には「いしこ　レントゲン」と達筆な字で書かれている。

　わたしはプレイヤーを納戸から引っ張り出してきて、早速ディスクを再生した。テレビの画面いっぱいに、胸部のレントゲン写真が現れる。

おばあちゃんは、よろこんでいるとも、感心しているとも言えない顔で、「へえ、これがわたしの胃なんだ」と言うと、しばらくながめて「満足した。もうこれを見ようと思わない」と宣言し、キッチンに立ってお手製のどくだみ茶を飲んだ。

「ああ、おいしい」おばあちゃんはいつも素直だ。

するとこんどは急に、「そういえば、わたし、やりたいことがあるんだった。ゆうくんが来たら、ずっとやってみようって思ってたの。あれ」と、食器棚のうえに置かれた、たこ焼き器を指差した。近所のバザーかなにかで、父がもらってきて以来、とくに脚光をあびることもなかったものだ。

「いしちゃん、たこ焼きたべたいの」と聞くと、「たべたくない。つくりたい」ときっぱり言う。「じゃあ、こんどみんなでやろうか」「いまやろうよ」。

え、いま、と困惑しながら、わたしは椅子に登ってたこ焼き器をおろし、コンロのうえにセットして、たこ焼きを作りはじめた。しかし、油を塗るためのハケがない。ダイソーで買ってこようか、とたずねると、おばあちゃんはなにか代わりになるものがあるはず、とすこし考えて、なにを思ったか、引き出しにしまわれていた、いわゆるアベノマスクを持って来た。

「これ、ガーゼでしょう。きっと油も塗れるよ」

わたしは晩夏のリビングで、アベノマスクとともにたこ焼きをつくるはめになった。悪人どころか、わたしのように当時怒っていた人たちも含め、未来でこのような使われ方をするとは、だれが予想しただろうか。

おばあちゃんが「粉を使いきりたいから」と、どんどん生地をつくってしまうので、わたしはアベノマスクを片手にたこ焼きを焼きつづけなくてはならなかった。まるでフォークダンスで、いやな人と手をつないでいるみたいな気分だった。

「おばあちゃん、もうそろそろストップしようよ」と言ってもおばあちゃんの耳には届かない。コンロの熱で、信じられないほど汗が出てくる。そのくせ、おばあちゃんはすこしつまんだだけで、できあがったたこ焼きをほとんど食べようとしない。ほんとにただ、つくってみたかっただけなのだ。

そのうえようやく生地を使い切り、すべてのたこ焼きをたべきったところで、「夕飯はしゃぶしゃぶだよ」と言われて、わたしはいよいよ度肝を抜かれた。おばあちゃんは、おっとりした台風みたいな人だ。

かと思うと、また急に「あ、いけない」と言って、とつぜん壁にかかった鳩時計を掃除しはじめる。「わたしって、ぜんぶ中途半端なまま、どんどんつぎのことをやっちゃうの」と、自分でも言っていたけれど、これがおばあちゃんの調子なのだ。

おじいちゃんは、こういうおばあちゃんの調子に、苛立っているときもよくあった。べつのことに夢中でいつまでもごはんをたべおわらないでいるとつよい口調でせっついたり、出かけた先でのんびりしていると怒ったり。わたしは例によって、おじいちゃんを亭主関白だと決めつけていたのだが、おじいちゃんが動けなくなってから、より好き放題しているおばあちゃんを見て、そうかおじいちゃんは、おばあちゃんの特性を、よくわかっていたのだと思った。だから、時と場合によっては制限を設けたり、多少きつい言葉を使ってでも止めてあげないと、どこまでも走っていっちゃいそうで、こわかったのだ。もちろん亭主関白であるという側面がまったくなかったとは思わないけれど、比重としては、心配のほうがずっとおおきかったにちがいない。

わたしは、おじいちゃんの気持ちがわかる。恋人も、どんどんべつのことをひらめいて、広げていっちゃうタイプなのだ。おまけに不注意で、前を見て歩くのもへただから、いっしょに出かけたとき、わたしはいつも眉間にしわをよせて、「前を見て」とか「もう行くよ」とか怒っている。そして怒っている自分に疲れている。わたしだって心配なのだ。気ままに浮遊する恋人の、命綱でいたいのだ。

おじいちゃんはこの日、とうとうなにもたべられなかった。よっぽど病院で疲れたのだろう。

それでも、きれい好きのおじいちゃんは、お風呂に入ろうとしていた。わたしは相変わらず、すこし離れたところから、ふたりを見守っていることしかできなかった。どうしたらいいのかわからないせいもあるけれど、限られたふたりの時間に、割って入ってはいけない気がしたのだ。

おばあちゃんは「これなら濡れても平気」と水着を着て、ちょっと誇らしげな顔で、おじいちゃんの身体にお湯をかけていた。水着の人が家のなかにいるというのはふしぎな気分だった。おじいちゃんの背中が、だんご虫みたくまるまっているのがドアのガラス越しに見える。

無事に身体を洗いおわり、パジャマを着させる段になって、「ゆうくん、手伝ってくれる」と声をかけられ、わからないなりに手伝ってみたけれど、あらためてむずかしい作業だと感じた。おじいちゃんはもう、ぴっと立てる人じゃないのだ。その身体を、しっかり立たせたうえでズボンを履かせるというのがどれだけ大変か。まして水着姿のおばあちゃんひとりでは、できっこない。

おばあちゃんはそんなたいへんさをまったく感じさせないほど陽気で、濡れたおじいちゃんにブリーフを穿かせようと汗だくになりながら、「わ。顔をあげたら、おちんちんが目の前にあってびっくりした」と屈託なく笑っていた。

おばあちゃんの明るさで、いまこの家は持っていると思う。あるいは、これまでもずっとそうだったのかもしれない。

わたしは、おばあちゃんがかなしむようなことには、ぜったいになってほしくないと思う。どんな姿になっても、おじいちゃんには生きていてほしい。

けれど、クーは目をそらしている。そらすことで、現実をあぶりだしている。

わたしはクーが示している現実を、見つめなくてはいけない。理解しなくてはいけない。でも、考えたらこわくて、布団に入ってもなかなか眠れなかった。

天井見てた。

○

明け方、ふしぎな夢を見た。その夢のなかで、わたしは恋人とふたり、夕暮れの街を歩いていた。すっきりした曇りの空だった。

とつぜん、見知らぬ人が恋人のそばに駆け寄ってきて言った。

「あなたのお母さんの結婚式の写真が出てきたの、どうか見てあげて」

恋人は、はいともなんとも答えないまま、彼女の差し出すスマホの画面に目を落として、やがてぽたぽたと泣きはじめた。

気がつくと、わたしたちは、白いテーブルクロスの敷かれた広い机についていた。彼はしずかに涙を流しつづけている。すると、間もなくしてわたしだけが、すうっとテーブルのしたへ吸い込まれていった。恋人の横顔が、テーブルクロスの向こうへみるみる遠のいていく。

ふしぎと恐怖感はなかった。砂嵐とともに、波のような音がわたしをつつんでいた。

目を開くと、わたしは砂浜に立っていた。空のいろは薄く青く、凪いだ海はどこまでも平らに広がっていた。

わたしの真横には、ひとりの女の人が立っていた。裸足で水色のワンピースを身にまとい、空と海の境目を、満足げにながめている。その態度には、あきらかにとなりにいるわたしの存在が含まれていた。なぜかわたしは、そうして彼女の気配に抱かれていることに、安らぎや親しみに似た感情を覚えていた。

いったいこの人はだれだろう、とぼんやりしていると、彼女はゆっくりと口を開いた。

「あたしね、いつもこうして、ここで人を待ってるんだ。気持ちいいところだよね」

わたしは、なにも返事をせずに、ぼんやりと彼女を見上げていた。

彼女はそんなわたしを見て、いたずらっぽく目を細めて笑うと、ふいに足元を指差して、「ほら。こういうの好きでしょう。拾っていきなよ」と言った。見ると、うすいエメラルドいろの石が落ちている。拾い上げてみたら、くたばりかけのホッカイロみたくほんのりとあたたかかった。

でも、どうしてこの人は、わたしがこういうのを好きだと知っているんだろう、と思ったところで、目が覚めた。

夢だとわかったあとも、わたしは枕のしたでグーにした手のひらを、開かないままでいた。ほんとにエメラルドいろの石が、そこで息づいている気がしたし、実際にはないと知ってしまったら、この感覚まで消えてしまうと思ったのだ。

胸には、なんともいいがたい心地よさが、夢で見た凪いだ海のように広がっていた。そしてわたしは、あの女の人がだれであったのかを、ようやく理解した。

わたしは普段、いろんな夢を見る。だいたいは日常や思考の寄せあつめであることが多い。

だが去年くらいからたまに、もう会えない人たちが夢に出てきてくれることがある。わたしはそれらの夢がなんなのか、うまく咀嚼しきれないでいる。

まさかわたしごときに、霊感のたぐいがあるとは思えない。わたしが神さまだったら、こんなやつに、そんな大それたものをあげようとは思わないからだ。もっとスターにあげる。

ただ、そういった夢に共通しているのは、その人に会った、という感覚が、夢から覚めたあともずっとつづくことだ。だからわたしは、おっかなびっくり、それらの夢を信じてみているのである。

父が休みだったこともあり、おじいちゃんのことはおばあちゃんとふたりに任せて、わたしは久々に朝から自転車にまたがって、相模川沿いを走った。丹沢の山系を横目に河川敷を走っていくと、しばらくして恋人のふるさとに出る。わたしたちはわりと近いところで生まれ育ったのだ。

いくつかの陸橋をくぐりぬけると、川沿いに古びた団地が建っている。ここで恋人は、九歳になるまで、母親とふたりで暮らしていた。

当時の思い出を、恋人は、たまにぽつぽつと語り出すことがある。

仕事の帰りを、部屋でひとりで待っていたとき、彼女が好きだったＴＲＦのビデオテープをステージに見立てて、そこに指人形をならべ、ライブを再現してあそんだこと。彼がさみしくないようにと、彼女はたくさんのおもちゃを彼に買い与えていたらしく、ドラゴンボールや鬼太郎、セーラームーンの指人形が、とくにお気に入りだったという。いまだに当時持っていたものを骨董市などで見つけると、「あ、これ持ってた」と教えてくれるので、わたしはなるべくぜんぶ買う。いらないと言われても買う。

鍵を忘れて家に入れず、帰ってきた母親の顔を見て、ほっとして泣いてしまったこともあった。それから、無断でおばあちゃんのラーメン屋を手伝いにいって、行方不明騒ぎになったこともあった。

気の強い、豪快な人だったそうで、車がぶんぶん走る車道に、「轢くほうがわるい」と突っ込んでいったり、ベランダにできた鳩の巣を卵ごと捨てたりしていたらしい。

かと思えば、人情深いところもあって、ねずみ講の勧誘に来た近所の人を家にあげて説教したりもしていたという。

すべてのエピソードに、わかりづらい量の感傷と、愛情がまぶされていて、わたしは彼が団地でのことを話しはじめると、なにも逃しはしないよう、じっと息を潜めて耳をそばだてる。

ある夜、普段はちょっとしたスキンシップもいやがる彼が、眠る前に、めずらしくわたしの手に触れて言った。

「眠るとき、布団に入ると、たまにね」

「うん」

「こうやって、うしろから手をつないで、指で暗号を送りあってたんだ。ぴ、ぴ、ぴって」

いまではもう、世界で彼ひとりしか持っていない記憶の断片を、わたしは、そっとちいさなほのおを移してもらったみたいに、だいじに守らなくちゃと思う。

絶やすまいと思う。やけどしてもいい。あるいは、わたしひとりくらい、ぜんぜん焼き尽くしたっていいから、どうぞ消えないでほのお。

　ほとんど老人としかすれちがわない、砂の城のような団地を歩き回りながら、おさない彼が、母親とあそんだという公園や、かつてフラミンゴを目撃したと言い張る水路、植物がひかえめに咲くちいさな土手を歩いてみた。こころのなかで礼《あや》さん、と呼びかけてみる。

　あれは、ぜったいに、礼さんだった。写真でしか見たことのない礼さんが、夢のなかで、たしかにわたしの目の前にいて、微笑みかけてくれていた。声を発していた。

　もし夢のなかで気づけていたら、話したいことがたくさんあったのに。たとえ自分自身で作り出した幻影に過ぎないとしても、わたしは彼女と会話がしたかった。ありがとうって言いたかった。

　名残惜しい気持ちで団地を離れると、わたしはふたたび川沿いを、自転車とふたりで走っていった。まだ昼過ぎで、もうちょっとくらい遠出してもだいじょうぶだろうと思ったのだ。

えんえんと二時間ほど川沿いを漕いでいくと、海に出る。こざっぱりした相模湾だ。もう夏の盛りを過ぎたというのに、サーファーがぽつぽつといて、指先で弄ばれるみたいに、波のあいまで転がっている。

自転車を降りて砂浜に出てみると、夢で見た海の感じとそっくりだった。砂浜と海なんて、どこも似たようなものだろうが、海を前にしたときの印象が似ていたのだ。わたしは思わず、エメラルドいろの小石を探してみたけれど、さすがにぴたりと同じものはなかった。かわりに、貝殻のあいだに混ざっていたシーガラスを拾って、ポケットに入れた。のどがかわいたので、自販機で買った缶のコーラを飲みながら、わたしのふるさとと、恋人のふるさとを流れてきた相模川の水たちが、河口で海に飲まれていくのをながめていた。川はいきなり海に変わるのではない。あいまいに、境界を溶かしあうように変わっていくのだ。

恋人とは、あれきり連絡もとっていない。会いたいって感情もとくにない。ケンカのせいもあるけれど、実家に長いことといると、いつも東京での暮らしを忘れてしまうのだ。ほんとにああやって、彼と暮らしていたっけ、と思うし、ケンカだって、もはやしたのかどうかもわからない。理由も忘れた。ただ、いま考えると、あんなふうなケンカをしたのは仕方がなかったと思う。わたしたちは、ただおわりの予感から、拳をつかってにげようとしたのだ。いのちに薪をくべて、ほらおわりません、ボーボーですよって見せ合うみたいに。

連絡をするかどうか迷った。でもやっぱり、わたしはどうしても、彼に礼さんの夢の話をしたかった。それが、パートナーとしてぜんぜんだめなわたしを、いっぱつぶん殴ったりもせず、やさしく微笑みかけてくれた礼さんへの報いだとも思った。都合のいい解釈かもしれないが、わたしはまだ彼女に、必要としてもらえているのかもしれない。

「ちー、今日、礼さんが夢に出てきてくれたよ」

そう連絡を入れると、すぐに「おれもこないだ、ママの夢を見たよ」と返事がきた。

「どんな夢だった？」

「団地の部屋の、キッチンに立ってた。なにか、おいしそうなものを作ってた。それだけ」

「そっか」

恋人は礼さんのことを、もともと「母」と呼んでいた。なんでそんな呼び方なの、ほんとはなんて呼んでたの、とたずねると、「ママ」と照れくさそうに言う。聞くと、ずっとママと呼んでいたのに、中学校にあがるくらいから、照れて呼べないでいるらしい。

わたしはそれを聞いたとき、男の子が気軽にママって言えないのも、おかしなことだ、ジェンダーがつくり出した謂れ無い空気だとひとりごちて、そういえばあなたは、わたしのことも、ねえとかてめえとかひどいときはデブなどと言って、名前で呼んでくれないじゃないか、と、社会にも彼にも腹を立ててふて寝した。

しばらくして、彼がぎこちなくわたしに近づいてきたかと思うと、ふたたび礼さんのことを話し出して、すこし間をおいて「ママ」と言った。照れくさいけど、勇気をめいっぱいつかったよ、ってふうに。

わたしはどうしようもないよろこびが押しよせてきて、ベッドから勢いよく起き上がると、彼をぎゅっと抱きしめた。ママって言えたね。ママだったんだもんね。よかったよかった、と言いながら、涙がどばどば出てきた。身体が礼さんになったみたいだった。

ああいう瞬間を忘れたらいけないと思うのに、ついケンカしてぶったりしなきゃよかった。あのときの自分たちには仕方がなかったにせよ、ばかみたい。戦争もすべてやめてください。

「こないだはごめん。久々にひどいケンカだったね」と言うと、またすぐに返事がきた。

「おれこそごめん。おじいちゃんどうだった?」

「わからない。昨日検査に行ってきた。まだしばらくこっちにいようと思ってる」

「わかった。そばにいてあげな」

わたしはほっとして、スマホをポケットにしまうと、あらためて礼さんのことを思った。夢のなかの彼女は、とても悲劇の人には見えなかった。満足げに、誇らしい顔で砂浜に立っていた。やっぱりわたしは、そんな彼女の姿を、脳がひとりでに作り出したとは思えない。だってわたしは、彼女に心底生きていてほしかったし、たった三十九年の生涯を、あまりにも短いとしか考えていなかったから。


帰りは、彼のおばあちゃんが切り盛りしているちいさなラーメン屋に入って、まるで通りすがりの他人みたいな顔をして、ラーメンをたべた。なかなかの繁盛だ。親戚らしき人たちが、途中でどかどかと入ってきたけれど、もちろんわたしは、彼らにその存在を知られてはいない。さすがに親戚の人のことまでは、ほとんど知らないに等しいけれど、彼のお父さんも、弟も、妹も、おばあちゃんも、おばさんも、猫たちも、みんな大好きだ。けれど、会えることは、きっと一生ないだろう。おそらく、礼さんが生きていたとしても、会うことはできなかったにちがいない。

わたしはここだよ、こっち見て、って内心念じながら、サービスでいただいた烏龍茶を一滴残らず飲みほし、「おいしかったです」と店をあとにした。「このお店が好きです」くらいのことを言えばよかった。そうすれば、粋なラブレターになったのに、と思いながら、わたしはサドルの食い込んだ尻をだましだまし、家へ帰った。

○

おじいちゃんは、あれから数日経っても検査での疲れが取れず、枯れ草のようにぐったりしていた。体調は変わらず、どこも痛くもくるしくもないらしいけれど、とにかく日毎にだるさが増しているようだった。

栄養もほとんど摂れておらず、起きていても意識が朦朧としていて、わたしをたまに父の名で呼んだりする。

「健一」

おじいちゃんの頭から、わたしがいなくなっていく。わたしは、ずっときえたいとか、ここにいないとか思ってきたはずなのに、いざおじいちゃんの忘却を前にしたらこわかった。

だからか、わたしはおじいちゃんが手放しつつあるおじいちゃんのこれまでについて、おばあちゃんにたずねるようになっていた。

「おじいちゃんと結婚したとき、どうだった」

おばあちゃんはえぇーと、と苦笑しながら、「お見合いだから、どうだったも、こうだったも、ないね」ときっぱり言った。

「じゃあ、いしちゃんも、長野にいたかった？」

「ううん」と、おばあちゃんは首を横に振る。「わたしは、お寺の娘でしょう。だから結婚しても、お寺のなかにずっといるなんて、いやだなあって思ってたの。そしたらおじいちゃんが、横浜のほうに出るって聞いて、ちょうどいいかもってお見合いを受けたの」

膝にボストンバッグを抱えて、ひとり人生の決意をしていたおじいちゃんと裏腹に、おばあちゃんは明るくここへやってきたのだ。無邪気に流れ星をつかむみたいに。

「どうして横浜じゃなくてここにおうちを建てたの？」

わたしは、こんなところに、と言いたいのをぐっとこらえてたずねた。

「わたしの父が、結婚するなら家がないとだめだって言ってね。それでおじいちゃんが、お金もないのに、おうちを建てることにしたんだよ」

「おうちができたとき、どうだった?」とさらに聞くと、「ううーん」と首をかしげ、「そうだねえ。家ができてよかったなあって思ったよ」と、これ以上ないほど素直でシンプルな答えに、わたしは思わずにんまりした。

この辺一帯は、もともと雑木林が広がっていたのだが、あるとき不動産屋が売り出して、住宅街を作りましょうということになったらしい。

すこしずつ家が立ち並び、ようやく町らしくなってからも、まだ雑木林はあちこちに残っていて、父は子どものころ、としおじちゃんとふたりでよく昆虫採集をしていたという。しかし、いまではすべて工場などの、ここではないどこかのための施設に成り代わってしまった。

わたしはふるさとに帰ってくると、こと実家のまわりを歩いていると、つぶされていった雑木林のかなしみの声が聞こえるような気がする。自然をこわして、そのうえにできているという重みや事実のうえで、平然とはしていられない。怒りというより、不安になる。そんなつもりじゃなかったのにって、舗装された大地がさけんではいないか。

もちろん、かつて自然でなかった場所などありえないし、わたしなんかが文明や人の営みを否定するつもりはない。ただ、この町は工場や、国道や、米軍施設など、なにかおおきなものに身を売りすぎているのだ。そしてあらゆるものが密集しているのに、なにもないという状態になっている。虚しいではないか。

米軍施設だった土地の一部は、数年前に返還され、まんなかに一本道ができた。いままで迂回しなくてはいけなかったのを、まっすぐに通れるようになったのだから便利だ。朝日も夕日もよく見える。けれどわたしは、かつて自分たちの土地だったものを、ようやく返してもらっただけなのに、なにやらありがたがったりしている、この町の人たちのお人好しさがやるせない。公園が偉そうに犬の散歩を禁じているのも許せないし、黙って従っているのもどうかと思う。

以前そう妹に話すと、「まあわかるよ」とうなずき、「でも、おじいちゃんが、この場所を選んだんだからね。あたしはここが好きだよ」と、凜とした目で言った。わたしはいまも、その境地には至れないでいる。

「おじいちゃんとの結婚生活はどうだった?」

「こまかいし、心配性だからたいへんだったよ」と、おばあちゃんはしみじみと言った。

「妊娠中も、あれこれ心配されるし、気が休まらないの。でも、つわりでカンパンしかたべられなくなっちゃったとき、いつも町田のデパートから、きまったのを買ってきてくれてね。それを、わたし、ずっとたべてたの」

そうやって、父が生まれてきた。つづけてとしおじちゃんも。本棚に保管されている重厚な雰囲気のアルバムをめくると、仏壇でしか見たことのなかったおじいちゃんのお母さんといっしょに、できたばかりの東京タワーへでかけていって、ふたりしてモデルガンを買ってもらった、なんてことが書いてある。父いわく、けたけたとよく笑う人だったらしい。わたしは、そんな話を聞いてもまだ、父やとしおじちゃんが子どもだったことや、仏壇の人々が生きていた事実にぴんとこないでいる。

アルバムの傍には、『神経が図太くなる本』という、おじいちゃんが買ったにちがいない本とともに、ふたりが生まれ育った村の歴史を記した分厚い本があった。「わたしも見たことない」というので開いてみると、早速若き日のおばあちゃんの写真を見つけた。成人式で撮られたものらしい。白黒写真で、ほんの米粒程度にしか写っていないけれど、おばあちゃんらしい朗らかな笑みがしっかりと焼き付けられている。

おばあちゃんはさして感慨もない様子で、「へえほんと」と、ルーペをかざしていた。この本を編集したメンバーのうちのひとりは、村で自治会長をしていたおばあちゃんの父親で、わたしの曽祖父にあたる人らしい。早くに亡くなったので、もちろん会ったことはない。写真も載っているが、凍りついたような遺影よりいきいきして見えた。

「いしちゃんのお父さんって、どういう人だった?」

なかなかのハンサムであることを見逃さずにわたしは言った。

「父はねえ、わたしにすごくやさしかったよ。自分のことを、唯一わかってもらえる子、ってふうに、わたしのことを見ていたと思う。指を機械に挟んじゃったときもね」と、おばあちゃんはすこし変形した、こけしのようなまるい親指をわたしに見せた。「夜、眠るときになると、父が、おおきくなりますように、おおきくなりますようにって、なでながらお祈りしてくれたの。うれしかったよ」

わたしはいままでとはまたちがったかたちで、おばあちゃんの存在をかわいく思った。親指にも、かわいいってマジックで書いてリボンを結んじゃいたい。

「そういえば父は、夢を見る人だったよ。夢のなかで、近所の人が挨拶をしにくると、しばらくしてほんとにその人が亡くなって、お葬式をやることになったんだって」

わたしは礼さんの夢のことを思い出して、興奮気味に言った。

「うちもたまに、ふしぎな夢を見るよ。こないだも、ちーのお母さんの夢を見たんだ。清々しい顔で、海辺に立ってた。きれいな人だったよ」

するとおばあちゃんは、興味があるのかないのかわからない、のんびりした口調で、「へえ。ゆうくんは、父に似たのかもねえ」と言った。わたしは、会ったこともない曽祖父と、自分との見えないつながりがうれしかった。

本には、おばあちゃんちのお寺も載っていた。わたしは行ったことがないけれど、妹はある。

四年生の夏休みに、おじいちゃんとおばあちゃんが帰省することになり、「いっしょに行かないか」と誘われたけれど、わたしは頑として行かなかったのだ。母を裏切るような気がしたし、会ったことのない親戚の前で、ふつうの男の子として振舞わなくてはいけないのもいやだった。

また、無邪気な妹とちがって、わたしはかわいいと言ってもらえるような子どもではない、と思い込んでいたので、行ってもよろこばれないだろうと感じていたのだ。

アルバムには、そのときの写真が何枚か残されているけれど、行きのサービスエリアで、おじいちゃんと妹がふたりでホッケーのゲームをして笑っているのを見ると、いつも胸が締め付けられる。そんなふうにはしゃいでいるおじいちゃんの姿を、家では見たことがなかったのだ。

いま思えば、えいと行ってみたらよかった。そしておじいちゃんといっしょにホッケーして、見知らぬ人たちに会って、しゃべって、感じてくればよかったのだ。たとえそこに、つめたい風が吹いていたとしても。

おばあちゃんちは、浄土真宗の本願寺派という宗派のお寺らしく、よくわからないのでしらべてみたら、開祖の親鸞《しんらん》という人の絵が出てきた。白いキンタマのような顔という印象を受けた。

なんでも、このキンタマのような人は、子どものころから山にこもって修行をしていたものの、いつまでたっても煩悩を捨てきれない自分に嫌気がさして下山し、それからいろいろあって、煩悩や苦悩を抱えている自分をも、ありのままに存在させてくれているのが、阿弥陀様なのではないか、と悟りを開いたらしい。それで結婚など、僧侶には禁じられていたことを片っ端からやり、ときに物議を醸したりしながら、ありのままの自分であることに努めた生涯だったという。

そんなおもしろそうな人が、おばあちゃんのルーツだったとわかって、わたしはまたうれしかった。

本には三百年ほど前、べつの村にあったお寺が燃えて、いまの場所に移されたことなどが、白黒の写真とともに載っていた。たったの一ページだけれど、わたしには貴重な情報に思えた。

それにしても、わたしはいままで、家族や町の歴史なんて、知りもしなかった。自分には関係がないことだと思って、ろくに興味を持たなかったのだ。

ところがわたしは、おじいちゃんやおばあちゃんの歴史について知るうち、いままで堰き止めていた水の流れを、ちょっとずつ解放しているみたいな気分になっていた。

いま、わたしが学んで、触れているのは、わたしが、ここにいる、っていう事実なのかもしれない。よいか、わるいかを超越した、ここにいるっていう事実だ。そしてわたしは、いきなりぽん、と発生して、ひとり立っているわけじゃない。心細いけど、そうじゃない。

間違いなく、臆病だったり、やさしかったり、泣きながら上京したりした人たちがつくった文脈のうえに、存在しているのだ。

○

おじいちゃんから、ようやく検査での疲れが抜けていった。顔色もよくなり、チャーハンやサンマなどを、すこしずつだけど食べられるようになった。とくにサンマは、手ぐせもあってか、骨にそってきれいに肉をはがしてたべていた。このままいつもどおりのおじいちゃんに、だんだんと戻っていくんじゃないかと、思ってしまえるほどだった。しかし、依然として意識は朦朧としていて、しきりに「いま、何時だ」とたずねてくる。そのたびに、みんなでハトみたく時間を教える。「八時だよ」「十時だよ」「お昼だよ」。

変わらずたいへんなのは、トイレやお風呂のために布団から起き上がらせることで、なにかこつがあるのではないかとしらべてみたら、ユーチューブに親切な解説つきの動画がたくさんあがっていた。どうして気づかなかったのだろう。

父とおばあちゃんと三人でスマホを囲んで、便利な時代になったよね、と言いながら鑑賞する。身体を起き上がらせるには、まず横を向かせて、首のしたに腕を差し込むようにして上体を起こしてから、両手を手前にひっぱるようにすると、ほとんど力を使わずに立たせることができるらしい。ためしにやってみたら、ほとんど握力のないおばあちゃんでも、かんたんに父の身体を起こすことができた。「わあ」とうれしくなって、なんどもなんども父を倒し、ふたりでかわるがわる起き上がらせる。

母はすこし離れたところで、「ふん」とでもいうような顔で、テレビを見ていた。というより、テレビを見るふりをしていた。

わたしは、いまだに非協力的な母に腹が立って仕方がなかったのだが、その拗ねたような横顔を見て、もしかして母は、仲間はずれみたいな気持ちでいるんじゃないかとふと思った。

釈然としない気持ちのまま、ためしに「ママだったら、もっと上手にできるかもね」と言ってみると、母はあくまで「ふん」という顔のまま、「まあ、あんたたちよりはうまくできるだろうね」と言い、「どいて」と、おばあちゃんとわたしを押しのけるようにやってきて、ぼけっと横たわっている父をひらりと立たせてみせた。

「わー、ママすごい、さすがプロ」みんなではしゃぐ。母は変わらず「ふん」としつつも、まんざらでもない様子だった。

この人は、もしかしたらずっと、拗ねていただけだったのかもしれない。こうやって、関わるきっかけを欲していたのかもしれない。そう思ったら気が抜けそうになった。

三十歳を過ぎても、母という他人は思いがけないし、意味不明だし、めんどくさい。けれど、家族のなかではわたしがいちばん、わかってあげられるのだ。そうだ、わかるのだ。わたしでも、きっと拗ねていた気がするのだ。

そのときを境にようやく、母も介護にまざりだした。介護用のレンタルベッドも、母の手配であっというまにやってきて、つづけてお風呂にも、専用の椅子や、取り付け式の手すりなどが設置された。こんなことならもっとはやくおだててい
ればよかった。
食事は、おじいちゃん用に、母がとろとろしたごはんを作ってくれるようになった。でも、おばあちゃんはできるだけふつうの食事を、おじいちゃんにさせたがっていた。母が「お母さん、もうお父さんの喉じゃ、かたいものはたべられないんだよ」と言っても、「でも……」と、納得のできない表情を浮かべている。そこには、つぶしてしまうことで憚《はばか》られる希望の気配があった。わたしとしても、おばあちゃんには、まだ未来があるんだって、信じていてほしかった。
だが実際には、おばあちゃんも交えて取り決めなくてはいけないことがたくさんあった。休みの日には、としおじちゃんとゆみおばちゃんもやってきて、みんなで、これからどうしていくかを話し合う。

ゆみおばちゃん曰く、主治医の先生からは、とても百歳までは生きられないでしょう、と言われていたらしい。そんなこともしらず、おじいちゃんはしぶといから、きっと百二十歳まで生きるよ、なんて、わたしは本人の前で言っていた。おじいちゃんは目を細めて「そうかあ」と笑っていたけれど、どういう気持ちでいたのだろう。

毎日たくさん飲みつづけている薬と、身体の負担の話にもなり、もしここで投薬をやめたとしても、ただちに変化が生じることはない、ということも知った。おじいちゃんがなによりおそれている最期の痛みも、いまは医療が発達していて、医療用のモルヒネを使ったり、パッチを使ったりと、緩和する方法があるらしい。おばあちゃんは、それらのめまぐるしい会話を、どこか落ち着かない様子で聞いていた。やがてなにかべつのことが気になったのか、すっとキッチンに立って、いつものどくだみ茶を飲みだした。わたしはなんとなく、おばあちゃんをひとりにしたくなくて、ならんでどくだみ茶を飲んだ。どくだみ茶なんだから当たり前なんだけど、どくだみ飲んでるみたい、と思う。

するとおじいちゃんのいる部屋から「健一」と呼ぶ声がして、父ととしおじちゃんが寝室に向かうと、おじいちゃんはふたりの息子をまぶしそうにながめて、「悪いことをした」と言った。思い当たることのなかったふたりが仕方なしに笑うと、また朦朧としたまま、「悪いことをした」と繰り返す。

そういえば数年前、まだ京都に住んでいたとしおじちゃんたちが家に来た際、おじいちゃんがとつぜん、「むかし、としゆきを、一度だけ殴ってしまった」と、さめざめ泣き出したことがあった。としおじちゃん本人は、まったく覚えていなかったらしいけれど、おじいちゃんはしっかり覚えていたのだ。そしてたぶん、いまも忘れられないのだ。

わたしは、薄れゆく意識のなかに残された、おじいちゃんの罪悪感や、不安の色濃さに、めまいがした。あとには、それしか残らないんじゃないかという気さえした。

おじいちゃん、おじいちゃんの人生は、としおじちゃんをぶっただけじゃなかったんだよ。どうしてそんなものだけを、だいじに手放さないでいるの。

母が「お父さん」と近づくと、おじいちゃんは「おれ、なにか変だ。どうして病院に連れていってくれないんだ」とおびえたように言った。母はおじいちゃんに向き合って、「お父さん、病院に連れていくこともできるよ。でも、病院にいっちゃったら、コロナがあるから、家族と会えなくなっちゃうよ。お母さんもさみしがるよ」と、子どもに言うみたいに、力強く言って聞かせた。おじいちゃんは「そうか、わかった」とうなずいて、「悪いことをした」とまた繰り返した。「おじいちゃん、悪いことなんてなにもしてないよ」と、わたしが言っても届かない。

そこへおばあちゃんが入って来て、「あら、お父さん、シャツがよれてる」と、気にしなくてもいいようなシャツのよれを直していた。それを見て、もしかしたらいま、おじいちゃんを対等な人間として扱っているのは、おばあちゃんだけかもしれないと思った。わたしも、恋人がそうなったとき、そうやってふつうのことを、ふつうに気にしてしまうかもしれないし、そういう自分でいたい。

「お父さん、いっぱいたべて、しゃべって疲れたね。今日はもう、眠ろう」

母が言うと、「風呂はいいのか」と、おじいちゃんは焦ったように言って、身体を起こそうとした。

「お風呂はまた明日入ればいいよ。今日はうがいだけをして、寝よう」

母が桶を持ってくると、おじいちゃんはコップを使ってうがいをして、べえ、と弱々しく吐き出した。わたしはその、食べかすの混じった濁った水が、なにやらこわくて、こわくて、たまらなかった。おじいちゃんの、失ってはならない感情や、まだ肉体にとどめておくべき記憶が、ごっそりと流れ出してしまったように思えてならないのだ。


深夜、わたしがお風呂に入っていると、外からおばあちゃんの声がした。どうやらおじいちゃんが、どうしても風呂に入りたがって、ここまで歩いてきたらしい。

「お父さん、やっぱり今日はお風呂はいいよ。いまゆうくんが入ってるよ」

わたしは息をころして、ふたりの会話に聞き入っていた。

「裕一郎か。そうか。裕一郎が入っているのか」

「そうだよ。ゆうくんだよ」

「はい。わかった」と、おじいちゃんは納得したように言って、脱衣所をゆっくり、ゆっくり出ていった。思えばこのとき、お風呂に入れさせてあげるべきだった。おじいちゃんがお風呂まで歩くことができたのは、この日が最後だったのだ。


翌朝、おじいちゃんの意識は、また一段階ぼやけていた。それでもまだ、不安げな顔をして「いま何時だ」とたずねてくる。わたしはどうしようもなく胸がくるしくなって、「本屋に行く」と適当なことを言って自転車にまたがり、世界の果てまで走った。

そして、グレーの霧を吐き出す丹沢の山系をながめながら、これからどうなっていくのだろう、と考えた。おじいちゃんには、どんなかたちでも、生きていてほしい。介護がたいへんでも、わたしができるだけそばにいて、できるだけのことをしたいと思う。けれど、おばあちゃんは日々やつれていくし、父も心配でものがたべられなくなっている。どれだけみんなの体力が持つかわからない。いつまでもこんな日々がつづいてほしいという気持ちと、いっそおわってほしいという気持ちがせめぎあって、胸がちぎれそうだった。

同時に恋人が、たったの十九歳で母親を亡くしたという現実を、あらためてむごいと思った。わたしなら耐えられないし、いまも東京でひとりにさせてしまっているこ とが、不安でたまらなかった。できることなら、すぐに帰って抱きしめてあげたい。でも、まだ帰るわけにはいかない。

帰宅すると、おばあちゃんがリビングで、ぽつりと書類の整理をしていた。

「ただいま」とおおきな声で言うと、おばあちゃんはやっとわたしに気がついて、

「おかえりゆうくん。ほらみて、おじいちゃん、前に、こんなの用意してたんだよ」

と、主治医の先生に宛てた、おじいちゃんの手紙を見せてくれた。そこにはこう書かれていた。

私が病に倒れ意識障害になり
回復の可能性がないときには
人工栄養での延命治療は行わず
緩和ケアで苦痛を除去して戴き
安らかな死を迎えられるよう
終末期医療をお願い申し上げます
松橋尚雄
平成二十二年　七月十五日　主治医殿

そのしっかりした字と、言葉の流れのなかに、おじいちゃんという人がすべて焼き付けられていた。そうだ。おじいちゃんは、うつくしい人だったのだ。不安や罪の意識だけじゃない。赤ちゃんみたいなうがいの水なんて、ぜったいに人に見せたりしない。人間の、うつくしい、大人だったんだ。

わたしは実家に帰ってきてはじめて、おじいちゃんのことで泣いた。泣いても泣いても、涙が止まらなかった。おばあちゃんは「やだあ、ゆうくん、泣かないの」と笑っていたけれど、わたしは、そういうおばあちゃんの、純粋な希望をもった姿もやるせなかった。

○

よく晴れていたので、おじいちゃんの部屋に置くサーキュレーターを買いにでかけた。すこし遠回りして、森林浴をしようと思っていたら、急激な便意に襲われ、野糞をし、尻をたまたま自転車のかごに入っていた軍手でぬぐった。森には申し訳ないが、あまりわるいという気持ちにはならなかった。それどころか、しゃがんだ姿から立ち上がるとき、わたしはこうやって生きていくんだ、という気合いのようなものが全身にみなぎっていた。

サーキュレーターを無事手に入れ、かごに乗っけて帰宅中、リサイクルショップに寄ってセーラームーンの人形を買った。セーラームーンのなかでもいちばん強い、エターナルセーラームーンの人形だ。長いツインテールは三つ編みにゆわれ、金色のスカートはほころび、背中の羽根はよれよれになっていた。前の持ち主に、めいっぱいあそんでもらった証だろう。わたしはこういう状態の子を新品みたくするのが得意なのだ。おじいちゃんのことで頭がいっぱいで、ここ数日、わたしにはセーラームーンが足りていなかった。脳が栄養を得たような気がする。

リサイクルショップを出ると、晴れていた空はにわかに暗転し、はげしい夕立になっていた。天のゲボみたくすさまじい雨が街に降りそそいでいる。わたしは国道沿いのケヤキが、ざぶざぶと水を飲むのをぼんやりとながめながら、ふしぎと神聖な気分になっていた。

いまこうして、激しい雨が降っているのも、わたしが軒下でそれをしのいでいるのも、すべては当たり前のことなのだ。やがては過ぎ去っていくであろうことも。すべてが過ぎ去っていく。雨だけじゃないし、おじいちゃんだけでもない。わたしも、ケヤキも、いずれ過ぎ去る存在なのだ。そしてみんな、人も動物も、ものもすべて、地球が発生してから消滅するまでの過程をしか生きられない。はじまりもおわりも見られない。すくなくともいっぺんには。

わたしはじっとしていられない気持ちになって、軒下を出ると、ずぶ濡れになってがむしゃらに自転車をこいだ。サーキュレーターとエターナルセーラームーンが濡れてしまわないように、ダイソーで買ったあまがっぱをかごにかぶせて、どんどん走っていった。

びしょぬれで帰宅すると、おじいちゃんのベッドの脇に簡易トイレが取り付けられていた。「わーそれいいじゃん」とわたしはおじいちゃんに言った。しょっちゅう便意をもよおすわたしは、ほんとに何度、ベッドのすぐ横にトイレがあったらと願ったかわからない。けれどよく見ると、それは便器のかたちをしているが、ほとんどおまるようなしろものだった。わたしはベッドの横におまるなんてほしくない。野糞はできても、足のうらに畳の感触を感じながらうんこなんてできない。おじいちゃんだってそうなんじゃないか。

おじいちゃんは、トイレについてはなにも反応せず、「いま何時だ」とたずねてきた。

「六時。もうすぐ夕飯だよ。今日は栗ごはんだって。もう秋だね」

そう言うと、おじいちゃんは「ああ」と答えて、「それより、だいじょうぶか」とたずねてきた。「だいじょうぶだよ」「そうか。ほんとにだいじょうぶか」「うん、だいじょうぶだよ」。

キッチンでは母が料理をしていた。ちょこちょこ手伝いながら見ていると、充分品数があるのに、さらにピザとパスタまで作ろうとしている。母の料理はいつも過剰だ。品数の多さだけじゃなく、味付けも激しい。わたしはここに住んでいたころ、そんな母の姿を、例によって無償の家事労働をさせられている人、としか見ていなかった。だが、家を出てからわかった。母はくいしんぼうなのだ。自分がたべたいから作るのだ。

「あんた、たいへんだったんだよ、さっき」と言うので聞くと、おじいちゃんが、おしっこをベッドでもらしてしまったらしい。そのときはじめて、おばあちゃんが、「やってられない」と弱音を吐いたという。

おばあちゃんに「さっきはたいへんだったね」と声をかけると、おばあちゃんは弱音を吐いたことなんてすっかり忘れてしまったみたいに、「わたしねえ、はじめて知ったの」と興奮気味に言う。「なにを」「男の人って、おしっこするとき、おちんちんを振らなきゃいけないのね」。

おじいちゃんは介護用ベッドで、やわらかくした栗ごはんを、ちょっとずつ、ちょっとずつたべていた。はい、あーんしてね、と言って、たべものかどうかもわからない見た目のそれを、口のなかですこし転がして、飲み込む。こんなの食事じゃない、とわたしはひとり傷ついてしまう。

意識はぼんやりしているけれど、おしぼりを手にすると、いつもしていたみたく、テーブルを拭こうとするし、つまようじを手にすると、気持ち良さそうに歯につっこむ。仕草やくせに、おじいちゃんらしさが宿っているのだ。

身体はすごい、と思う。身体はおじいちゃんそのものだ。こころやたましいだけじゃない。肉体も、すごくすごくだいじだ。消えてほしくない。

「いま何時」

「七時だよ。もうねむる時間だね」と言うと、また「そうか、いま何時」とたずねてくる。

「おじいちゃんは、鉄道の人だったから、時間にきびしいのね」とおばあちゃんが言うと、おじいちゃんはとつぜん「そういうことを、言わなくていいの！」と怒った。おじいちゃんは国鉄時代の話をされるのが、むかしからあまり好きじゃないのだ。聞くと、おじいちゃんも通勤中に腹痛に襲われてたいへんだったことが、何度かあったらしい。

国鉄が民営化されたとき、ちょうど定年間近だったおじいちゃんは、鶴見にあった操車場から、営業職に移ることを打診されたという。けれど、「この人の性格じゃ、営業なんて、できっこないでしょ」とおばあちゃんは笑っていた。たしかに想像がつかない。結局早めに退職し、それからは悠々と三味線なんてひきながら老後を過ごしてきた。家にいるほうが性に合っていたのだと思う。たまに「出かけようよ」とおばあちゃんに誘われても、「おれはいい」と断る姿をよく目撃したものだ。

反対におばあちゃんは、家のことだけじゃなく、おおきな会社で経理の仕事もばりばりやっていたし、定年を迎えてからも、たくさんの習い事をして、人に囲まれて生きている。どちらかと言われたら、わたしは俄然おじいちゃんタイプだ。時代に許されて、のんきに東京でびんぼうをやっているけれど、戦後間もないころだったら、どうなっていたかわからない。

いったい当時、わたしのような人たちは、どうしていたのだろうか。性的なマイノリティだけじゃない。ふつうに働く、という定型にはまれない人たちは、どう生きていたのだろう。

それにしてもわたしは、いままで自分が思っていた以上に、おじいちゃんと自分は似ているのかもしれない、と感じるようになっていた。わたしが幼少期からつねに抱えてきた漠然とした不安感やそれに伴う下痢は、もしかすると母との関係や、マイノリティであることとはさほど関係がなかったのかもしれない。この人から、あるいはこの人の背後から脈々と流れついできた、不安という、ある種の授かりものだったのかもしれない。
以前、老人会かなにかのアンケートが配られて、おじいちゃんも回答したらしいのだが、おじいちゃんは、「自分は家族のなかで、役に立っていないと思う」という欄に、こっそりまるをつけていたらしい。そんなことないのに、とおばあちゃんは呆れて笑っていたけれど、わたしはせつなかった。おじいちゃんが抱えてきた不安やさみしさが、その弱々しいまるに象徴されているように思えてならなかった。そしてわたしは、そのまるのなかから、生まれてきたような気さえした。わたしのふるさとは不安です。おじいちゃんもそこにいるのです。

夕飯のあと、食器を片付けながらテレビで中継されていたエリザベス女王の国葬を見ていたら、とつぜんおじいちゃんのいる部屋からどしん、と音がした。おどろいて駆けつけると、おじいちゃんがトイレの前でちいさくなっていた。「どうしたの」と声をかけてもぼんやりしている。どうやら、トイレを使おうとして、ひとりで立ち上がろうとしたものの、力が足りずに尻餅をついてしまったらしい。

ユーチューブでならったとおりにおじいちゃんを立たせて、ベッドに座らせると、おじいちゃんはやっと気がついたように「だいじょうぶか、割れたか」とたずねてきた。骨のことを言っているのかと思ったら、どうやら便座が割れてしまったんじゃないかと心配しているらしい。

「だいじょうぶだよ。トイレはつるぴかだよ。それよりおじいちゃん、どこもいたくない」

「へいきだ、おれはへいきだ」と言われほっとしていると、「割れたか、だいじょうぶか」とまた聞かれた。

「割れてないよ」と答えながら、おじいちゃんから、もうあまり、生き物のにおいがしていないことに気がついて、わたしはかなしくなった。あんなどろどろの栗ごはんだけじゃない。もっとおいしいものをくって、くっさいものを出してほしい。森で濡れそぼっているわたしのうんこみたいに。

その晩、わたしはどしん、という音が頭から離れず、なかなか寝付けなかった。明け方になってもそわそわして入眠できず、あきらめて買ってきたエターナルセーラームーンの人形を洗うことにした。

洗面台で全身を入念に洗い、三つ編みでぼさぼさになった髪にお湯をかけてブラッシングする。こうすると癖がとれて、まっすぐな髪に戻るのだ。でもわたしは、黙々と手を動かしながら、こんなことをしていいのかな、とふと思った。過ぎ去っていった雨や、過ぎ去ろうとするいのち、それらすべてを内包する時間という流れを、わたしはなぜ、ひとりさかさにおよいでいるのだろう。

○

朝から、母と父がふたりで、検査の結果を聞きに行った。出かけていくふたりの背中をベランダから見ていたら、その存在がとてもちいさく、たよりないものに感じられて、どうかだいじにしてね、そしてだいじに返してね、と祈ったりなんかした。だれに。

帰りを待つあいだ、わたしはおばあちゃんに頼まれて、スーパーにしめじを買いに行った。父が間違えてなめこを買ってきてしまったせいだ。ついでにコンビニで銀行口座を確認したら、コロナの貸付金はもちろん入金されていなかった。わたしはお国に見捨てられたのだ。それどころか、携帯料金とネット代の引き落としがあって、胃がぎゅうっとなる。なんてびんぼうなんだ。実家にしばらくいるせいか、本来自分がまわしている生活の単位を忘れかけていた。しめじとなめこをまちがえるなんて、自分だったら落ち込まないとすすめない。たったの百円でもだ。

家に帰ってからは、おじいちゃんのおしっこを手伝ったりした。色のうすい、がんばったら飲めそうな、おしっこらしくないおしっこだった。ベッドに寝かせたあと、クーを抱きかかえておじいちゃんに見せたら、おじいちゃんは手を伸ばして、クーの頭をなでようとした。けれど、あとちょっとのところで届かず、そのままあきらめてしまった。クーは名残惜しそうに、おじいちゃんのまわりのにおいを嗅ごうとしていた。

眠っているあいだ、おじいちゃんはなにか夢でも見ているのか、時折勢いよく手を動かしては、ベッドの柵にぶつけていた。怪我をしないよう、ドラえもんのようにまるくタオルでくるんでも、器用にほどいてしまうらしい。「すごいの、どうやってもほどいちゃうの」おばあちゃんはたのしげだった。結局、柵のほうにタオルを巻いたり、プチプチを貼りつけることで、けがを防ぐことにした。

昼過ぎに、ようやく母と父が帰ってきた。スマホで録音した主治医の先生のお話を、みんなでじっと聞く。

おじいちゃんは、前立腺にあったがんが、すでに全身に転移している、という状態にあるらしかった。先生は「がんが顔色を変えた」という表現をつかっていたが、わたしはその、がんを擬人化したような表現が妙におそろしかった。

「この一週間ぐらいで、会わせたい人には会わせてあげてください」と言われ、わたしは残された時間があまりにも短いことにおどろき、びっくりして泣いた。母も泣いていた。

それまで明るく振舞っていたおばあちゃんは、ティッシュで目をおさえたまま、動かなかった。泣いてしまう自分を、じっと抑えつけるような、いたい涙だった。同時にそこには、おばあちゃんという人が、普段はしまいこんでいるうつくしさがあった。

それからおじいちゃんに、なんて伝えようか、という話になった。わたしと父は、素直に伝えつつ、だけど老衰みたいなものだと言うのがいいんじゃないかという意見だった。敗北感のようなものを、なにも余命いくばくもないおじいちゃんに味わわせることもないと思ったのだ。しかし母の意見はちがっていた。「あのお父さんに、そんな子どもだましが通用するもんか」と、血走った目で言うのだ。たしかにそうかもしれない、と思うし、わたしや父の思いやり的なものは、なんと独善的だったのだろうというほかない。

母が夕飯の支度をはじめたころ、わたしはクーの散歩に出かけた。空は不気味に淀んでつめたく、とつぜんクーとふたりでつめたい海に放り込まれたような気分になった。

おじいちゃんが、あと一週間くらいでしぬかもしれないってことを、考えれば考えるほど不安になる。どうせなら、おじいちゃんがしんだ瞬間、地球が割れるくらいのことが起きてほしい。おじいちゃんを失うというかなしみや喪失に値するだけのことを、世界全体に示してほしい。エリザベス女王はおろか、悪人にさえも執り行われるという国葬も、うちのおじいちゃんにはちいさすぎる。地球規模でなくてはいけない。だれとも比べられてはいけない。規格の外にあるべきなのだ。

散歩から帰ってすぐにおじいちゃんの顔を見に行くと、おじいちゃんは朦朧としながら、口をぱくぱくさせていた。その姿をながめながら、また涙が出てくる。

「おじいちゃん、愛してるよ」

わたしはそう言って、おじいちゃんのおでこにキスをした。

おじいちゃんは照れたようにはにかんで、「なんだあ、裕一郎」と言っていた。「愛してるよ」と、わたしはまたキスをした。恋人にだって、こんな甘ったるいキスをしたことはない。できることなら永遠にそうしていたかった。永遠というものがもしあるとすれば。

夕飯は、今日もベッドでたべていた。おばあちゃんは、どうしても、自分でつくった特製のうどんを、おじいちゃんにたべさせたがっていた。その手を振り払うようにして、母がおかゆを、ちょっとずつおじいちゃんの口へ運んでいく。わたしはうどんの入ったおわんを手にしたまま、母の背後にたたずんでいるおばあちゃんの顔を、どうしても見ることができなかった。

食事を終えたあと、みんなでベッドを囲みながら、ようやく、おじいちゃんに宣告をした。口火を切ったのは母だった。

「お父さん、検査の結果がでたよ。がんがね、もう全身に転移しちゃってるんだって。これから、病院に入ることもできるけど、そうしたら、病院でのお別れになっちゃうと思う。お父さん、どう。最期はおうちにいたい?」

きっとした、涙のいっぱい浮かんだ目には、宿敵に捧げる友情のようなうつくしさを認めざるを得なかった。

おじいちゃんは、だるさの理由がわかって納得したのか、「ほう、そうかあ」とつぶやいて、「なら、家にいたいなあ」と気が抜けたように言った。そこには感傷も、なにもなかった。ほんとにこの人は、痛みのことだけが気になっていて、しんでしまうこと自体はどうでもいいのだ。

「わかった。じゃあ、そうできるように、もうちょっと道具を増やしたり、手すりを持ってきてもらうようにするからね。みんなで、がんばろう」「はい」と、おじいちゃんは言って、うなずいた。いい子って、なでてあげたくなるような顔だった。

わたしはひとり泣いていて、なにも言葉を発することができないでいた。父は床で、クーをひざに抱えたまま、呆然とおじいちゃんを見ている。その力ない表情を見て、わたしは以前、しんでしまった友人に、「あなたは泣けるからつよいんだ」と言われたことを思い出した。

そうだね。わたしは泣けるから、つよいんだね。

宣告をきっかけに、みんなでがんばろう、という意識がよりつよくなった。この、みんな、のなかに、自分がいる感覚が、わたしにとっては新鮮だった。性別も、セクシャリティも、びんぼうも関係ない。ただの生き物としてのわたしが、急に目を覚まして、ここでみんなと、できるだけのことをせよ、と言っているようだった。死という圧倒的断絶を前にしたら、生き物はみんなおなじなのかもしれない。

父も、そういった変化がうれしかったのか、久しぶりに笑顔を見せるようになり、「なんだかたのしいなあ」と口に出していた。おじいちゃんに「健一」と呼びつけられるたびに、階段をダダダと下りていって、「どうしたあ」とうれしそうにたずねる。おつかいをよろこんでいるみたいに。けれど、たまにおじいちゃんの声が聞こえないときもあって、なにかいい道具がないかと考えていると、ふと子育て中の友人が、赤ちゃん用のスピーカーを使っていたことを思い出した。あれがあったら、二階にいても、おじいちゃんの声が聞こえるし、異変にもすぐに気づけるのではないか。

父に提案すると、さっそく買いに行こうということになった。自転車でふたり、縦一列になって、アカチャンホンポまで漕いで行く。父とこうして、ふたりで自転車を漕ぐのなんて、小一のときにポケモンのゲームを買いに行って以来だ。

わたしはちいさなころから、父とふたり、という状況が苦手だった。うりふたつといっていい容姿のせいで、自分が男の見た目である、ということをいやでも意識させられるからだ。ごめんなさい、とも思うからだ。

その意識から逃れるために、思春期から大人になるまでのあいだ、わたしは自らの周囲にいばらをはりめぐらせ、父を拒絶していた。一方で、父が突破してくる日を待ってもいた。父は王子さまではないのにだ。

思春期にはたまに口論になることもあった。ひどいことを言われた記憶もある。だが、それはわたしが、わたし自身の思惑によって、父からとがった言葉や態度を引き出したに過ぎなかった。言い合いというかたちでもよいから、父と関わりたかったのだ。

父へのねじれた思いは、父を投影した男の子たちへの恋ごころにもなった。

二十代の前半は、ほとんどそれに振り回されていたといっても過言ではない。そしてわたしが望むかたちの愛情をくれなかった父のことを羨望し、憎むたびに、母への忠誠心は増していったように思う。

家を出るとき、わたしはようやく、十年近く絶縁状態だった父と会話をした。自分でも思いがけず、口をついて出たのは「助けてほしかった」という言葉だった。いばらうんぬんだけではなく、なぜわたしひとりが、母の兵隊であったのか、という怒りや絶望の表出でもあった。どんなに母が騒いでいても嘆いていても、父は黙ってそこにいるだけだったのだ。どうしてそんな状況を放っておいたのだ。わたしが血まみれになったじゃないか。

実際父は、周りでなにが起きていたって、人にばかにされたって、いつもどうでもいいさって感じで笑っている。守るべきものを、守ることができたら、あとは関係ないってふうなのだ。

いまのわたしは、そんな父の調子をいいなと思っている。尊いとも思っている。

だが、当時のわたしにとっては、ただ放置されていたこととおなじだった。もっと関わって、ぶつかってきてほしかった。

気持ちはわかる。でも、子どもだった。

アカチャンホンポで、それらしきスピーカーをふたりで吟味しながら、わたしはまだすこし気恥しさを覚えていた。ほかのお客さんの視線も気になる。父親と、その息子だと思われることが、言いようもなくこわいし、ほんとはそうじゃないってことが、ばれちゃってる気がして落ち着かないのだ。それでつい、わざとおおげさに、おばさんみたいな口調でしゃべったりして、自ら積極的に男、という絶対領域から降りようとしてしまう。

ただ、以前のように、それだけで頭がいっぱいになったりはしていなかった。いまあらたに芽吹き、育ちつつある部分を、自分のなかに感じられる。だれがなんと言っても、わたしはなにでもないのだ。なにでもないままで父の子どもを、そして家族をやっているのだ。それでよいのだ。

スピーカーの効果は絶大だった。ちょっとした小声や、咳払いも、たまご型のスピーカーからばっちり聞こえてくる。

夕方、急にスピーカーからなんの音もしなくなったのを不審に思って下りていくと、西日の差す寝室で、おばあちゃんがベッドのふちに腰掛け、じっとおじいちゃんの寝顔をみつめていた。その表情には、いままで六十年以上積み重ねてきた時間と歴史を感じられた。最新鋭のスピーカーも、この沈黙はひろえまい。

おじいちゃんは、近いうちにしんでしまうのかもしれない。けれど、いまわたしたち家族が目の当たりにしようとしていることは、かなしみや喪失だけじゃないのかもしれない。あたらしく得られる感情や、景色が、あるのかもしれない。そんな可能性を、わたしはすこしだけど、感じはじめていた。もうにげないし、ひとつぶだって見逃さない。

くるならこい、と思う。

○

朝から頭痛がしていた。シャワーを浴びても、蒸しタオルをしても、ぜんぜんよくならない。そんななか、要介護認定のために、わたしと同い年くらいの女の人がやってきた。はつらつとした、朝食をしっかりたべていそうな感じの人だった。

その人がおじいちゃんと面談をし、どれくらい介護が必要かを探っていく。結果によって受けられるサービスや借りられる道具が変わってくるらしい。

おじいちゃんは、急にやってきた他人に戸惑っている様子だったが、気力をふりしぼるようにして一生懸命に応えていた。しかし自分の名前さえ、もうすっとは思い出せなくなっていた。

それでも、投薬をやめた影響か、比較的意識のはっきりしている時間が増えた。母に自分の介護度はどれくらいかをたずねたり、「ああ、だるい。こんなことなら、早く終わりたいなあ」とぼやいたり。残された貴重な時間を、だるいと言い切るおじいちゃんが、わたしは痛快だった。なんだかんだ言って、そんな感じでしばらくは生きていてくれるんじゃないかと思えてくる。

母いわく、おじいちゃんの介護度は「要介護5」だろうとのことだった。しらべてみると、日常生活のほぼすべてに支援が必要な状態、と出てきた。なら、ちんたら審査なんてしてないで、もっとてきぱき必要な物を貸してくれよと思ってしまうが、複雑なシステムなので、タイムラグが生まれてしまうのはどうしようもないらしい。わたしはおそらくもらえないであろうコロナの貸付金と、社協の人がいったお国という言葉が思い出されて仕方がなかった。

お昼、おばあちゃん特製のチャーハンをみんなで食べていると、テレビでクマの特集をやっていた。ぼんやりながめていたら、おばあちゃんが「むかしは木に登れとか言ったのにね」としみじみ言い、「きっとむかしのクマは、木に登らなかったんだ」と、へんな着地をしていた。地球がずれた気がした。

おじいちゃんの夕食は、今日もまずそうなおかゆだった。何口かたべて、もういいと首を横に振ったので、うがいをさせていたら、はげしくむせてしまった。むせるという力はいったいどこから湧いてくるのだろうと思うほどはげしいむせ方だった。わたしはその、頭蓋が割れてしまいそうな運動量に動揺して、一日じゅう抱えていた頭痛がぶっとんでしまった。

うとうとと気持ち良さそうに寝息をたてはじめたおじいちゃんに、おばあちゃんが「お父さん、長野の夢でも見ているの」とたずねると、おじいちゃんはうん、うん、とうなずいていた。年齢も、日付も、みんな忘れてしまったあとで、おじいちゃんはふるさとの夢を見ているのだ。わたしは、不安や罪悪感だけじゃなく、最後に郷愁というべきものが残されていたことに、ほっと安堵した。そして、おじいちゃんにとってのふるさとの、言いようのないおおきさを感じた。

くるしそうになると、おばあちゃんがおじいちゃんの胸をなでる。すると、たちまち息が楽になるのだ。こればかりは、ほかのだれがやってもだめだった。おばあちゃんの、ちいさな手が持っている力に、みんなで圧倒される。

おじいちゃんが寝てしまったあと、お茶を飲んでいると、なんでか死後の世界の話題になった。しんだらきっと、極楽浄土にいくんだよ、としずかに語るおばあちゃんの話を、母は「あたしはしんだらおしまいって思ってるから」とぶったぎり、「だいたい極楽浄土ってなによ。つまんなそう。あたし、お買い物に行ったり、野菜を育てたりしたい」と、だれしもが思い描いていた極楽浄土の風景を叩き割った。

わたしは、自分の死についてなら、飽きるほど考えてきた。実際にしんじゃおうかって思ったこともある。だが、しんだあとの世界については、たしかにちゃんと考えてみたことがなかった。

すると父が、「おれはしんだら、その人がいなかった世界に戻る、っていうだけじゃないかと思うんだ」とつぶやいた。わたしはどきっとして、なにか反論したいのにうまく言葉にできず、「そんなことないよ」とも言えずにだまりこんでしまった。

夜中、父がアマゾンでおじいちゃんようのオムツを大量に買おうとして、母に止められていた。「どうせ使うんだから、いいだろう」と父はめずらしく強気な態度で言い張るも、母は「残りどれくらい必要かわからないんだから、そんなにたくさん買うなってていうんだよ。ハゲ」と残酷なことを言う。

「いや、やっぱり買おう」と父が購入に踏み切ろうとするも、登録したメールアドレスがわからない。母はそれ見たことかとばかりに笑って、「いい気味。あたしアドレスなんて、あんたに教えてやらないから」とソファに寝転んだ。そのまるみを帯びた身体つきの、憎らしいことといったらない。

しかし、こっそりアドレス帳を見たら、十数年前に作ったと思われるアドレスには、父のイニシャルと、ラブラブみたいな単語がつづいていた。ふたりにもそんな時代があったのだ。

わたしは鬼の首をとったように笑いながら、母にそれを突きつけた。母は「くやしい」と言いながら毒虫みたく身をよじっていた。

みんなが寝入ったあと、わたしはあらためて父の言葉について考えた。しんだら、その人がいなかった世界に戻るだけなんて、むなしい考えがあるだろうか。のんきものの父が発したということも、わたしはショックだった。まるで父のなかの空洞と目があってしまったようだった。だいたい万が一のとき、父がそんなことを思いながらしんでいくって、かなしすぎるじゃないか。

考えれば考えるほど、戸惑いが押し寄せてくる。ほんとにそうだろうか。人のいのちとは、存在とは、そんなにたやすいものなのか。

みんな、すべてが過ぎ去っていく。それは間違いのないことだと思う。だけど、ほんとのほんとに消えてしまって、ただ存在しなかった世界に帰る、なんてことが、果たしてできるのだろうか。

できっこない、というのが現時点でのわたしの答えである。ぽんと発生してしまった以上、わたしたちはなかったことになんてならない。消滅なんてできっこない。それくらい、ひとつの存在が、全体に及ぼす影響というのは、計り知れないのだ。

ただ歩いていただけで、だれかのかけがえのない風景に写り込んでいたかもしれないし、見知らぬだれかの背中を、押すようなことがあったかもしれない。あるいは、おさないわたしが微笑みかけただけで、しぬことを、あるいはころすことさえも、やめた人がいたかもしれない。そんなに大仰な話じゃなくても、わたしがひっこぬいた花が、たまたまそこにいた、ちいさな虫を生かしたかもしれない。そいつの肉体が、やがてもっとちいさな虫を、生かしたかもしれない。その懸命な姿に、励まされた人がいたかもしれない。立ち直った人がいたかもしれない。存在とは、果てしのないものだ。しんでしまったくらいのことでは、取り消しようのない事実だ。

以前、仕事の打ち合わせをしていた相手が、「わたしの兄は、引きこもりで、ほとんどだれとも関わらずに自殺して終わったんです」と言っていた。けれど、それだけで完結できるほど、存在って単純ではない。現にこうしていまも会話のなかに現れて、存在が機能しているじゃないか。あなたを動かし、わたしを動かし、そして言葉にさえなっているじゃないか。

わたしの夢に、死者たちがやってくることも、それで説明がつく。たしかに、ふしぎな体験をした、という手応えを、わたしはひっそりと感じてはいる。信じてもいる。だがそれ以上に、存在とは、そうやって機能しつづけるものなのだ。会ったこともない礼《あや》さんが、わたしの意識を揺り動かし、恋人と仲直りをさせたみたいに。だれかが覚えていても、いなくても、無限に機能しては、現実に影響を及ぼしつづける。それがわたしたちの存在であり、いのちなのだ。エリザベス女王も、わたしも、悪人さえもおなじ。虫も、ものもおなじ。

つまり人は、しんだって無駄ってことでもある。たしかに、みんなあなたを覚えているし、あなたの話をしつづけている。あなたの試みは失敗におわったのだ。

なんて清々しいのだろう。

わたしも、しんだって意味なかったのだ。むしろ、意味を生産しつづけてしまうはめになる。止まらないうんこみたいに。いやうんこよりすごい。酸素よりもすごい。存在してしまったという事実は、すごい。無限に広がっていくものだ。おわりがない。まるで宇宙そのものみたいに。

では、しにたくて仕方がなかったいくつもの夜は、なんだったのだろう。なんの意味もなかったじゃないか。

わたしは深夜にひとり、自らの考えに打ちのめされていた。絶望的だけど、希望的でもあり、暗いけど、明るい。そして、ちいさなことだけど、宇宙規模でもある。

存在は果てしない。しんだところで、消えようがないのだ。

だが、だとしたら、なぜこんなにも、おじいちゃんの肉体に、消えてほしくないのだろう。ちっぽけな肉体と別れることが、なぜこんなにも、かなしいのだろう。

存在のおおきさと相反して、肉体には限界があって、とても時間というおおきな流れには、太刀打ちができない。でも、だからこそ、肉体は尊いのかもしれない。手を握りあったり、微笑みあったり、キスしたりできるのは、肉体が存在しているあいだ限定のことだ。いのちがどんなに機能をつづけても、存在が抹消されることはなくても、肉体には限りがある。すぐにがんとかできちゃったりして。なんてたよりなくて、かわいいんだろう。紙でつくった宝ばこみたいだ。そのなかに、心臓があって、血管があって、愛もある。

かわいい、とわたしは思ってやっと、気持ちが落ち着いた。時計を見ると、深夜二時をまわったところだった。ただでさえ興奮して目が冴えてしまっているのに、わたしはわけもなくコーヒーを淹れて飲んでしまった。コップの底に映った自分の顔がブスで気が抜ける。

すると、ソファの脇に置かれていたスピーカーから音がした。

「おい、だいじょうぶか、おまえ、だいじょうぶか」

とつぜん叩き起こされたおばあちゃんは、入れ歯のないもごもごした口で返事をする。

「なあに、おとうさん。わたしならだいじょうぶだよ。おとうさんは、だいじょうぶなの」

「ああ、だいじょうぶだ。それでいま、何時だ」

「夜中の二時だよ。だから、朝まですこし眠ろうよ」

「ああ、わかった。それで、だいじょうぶなのか」

「うん、だいじょうぶだから、だいじょうぶって聞かなくて、だいじょうぶだよ」

わたしは、ほどけつつあるおじいちゃんの肉体から、えんえんと生み出される不安のエネルギーに圧倒されていた。ここまできたら、おじいちゃんは根性の人だ。このひどく屈折した根性で、わたしたち家族を守りつづけてきたのだ。

反対に、おばあちゃんの発する「だいじょうぶ」は、とても頑丈で、おじいちゃんの心配以上におおきなものに思えた。わたしもそのゴンドラに乗って、ゆっくりと揺れながら、眠りに落ちてゆけそうだ。一日のおわり、地球のめぐり、空気の流れ、そして眠りという、ちっこい死のなかへ。

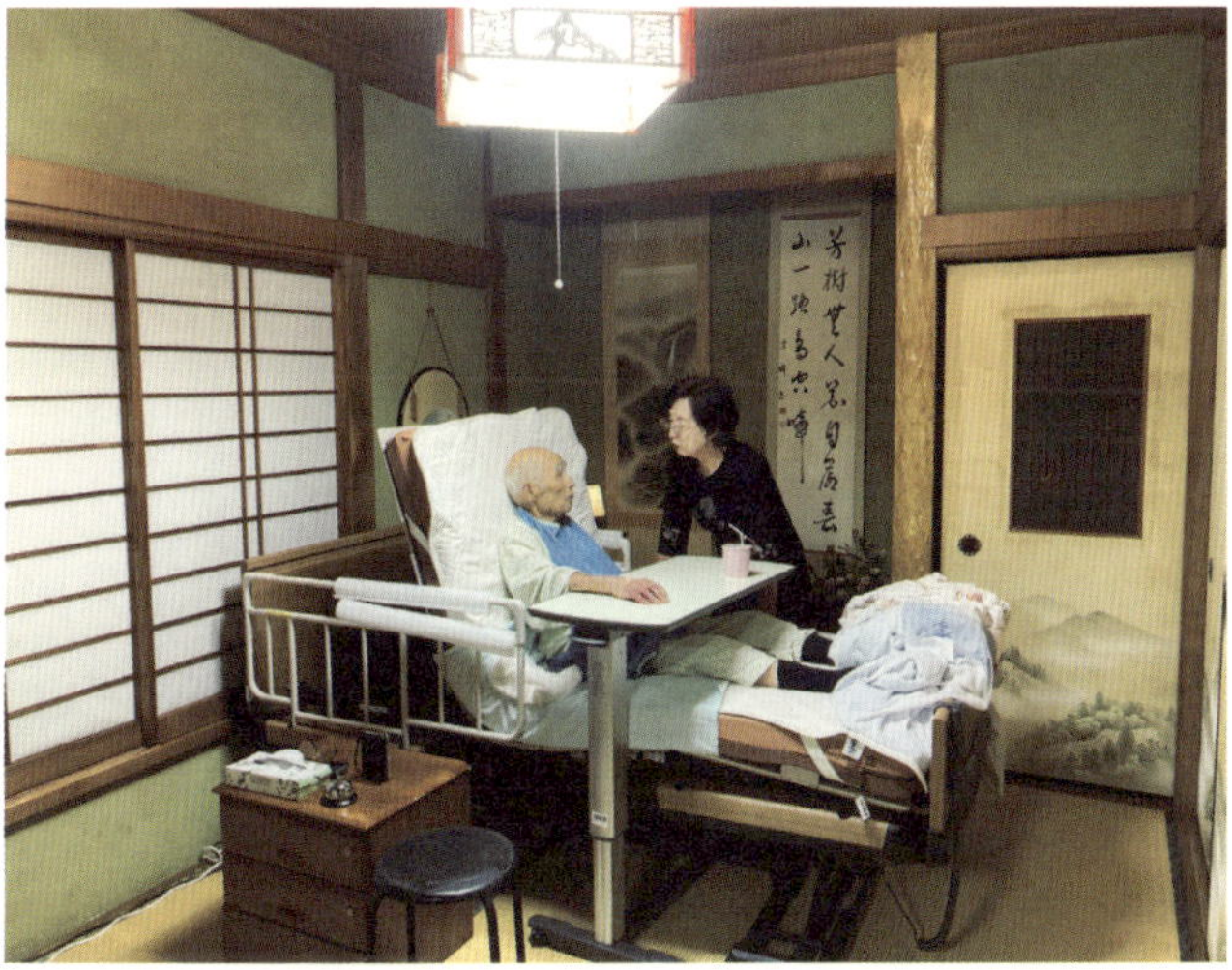

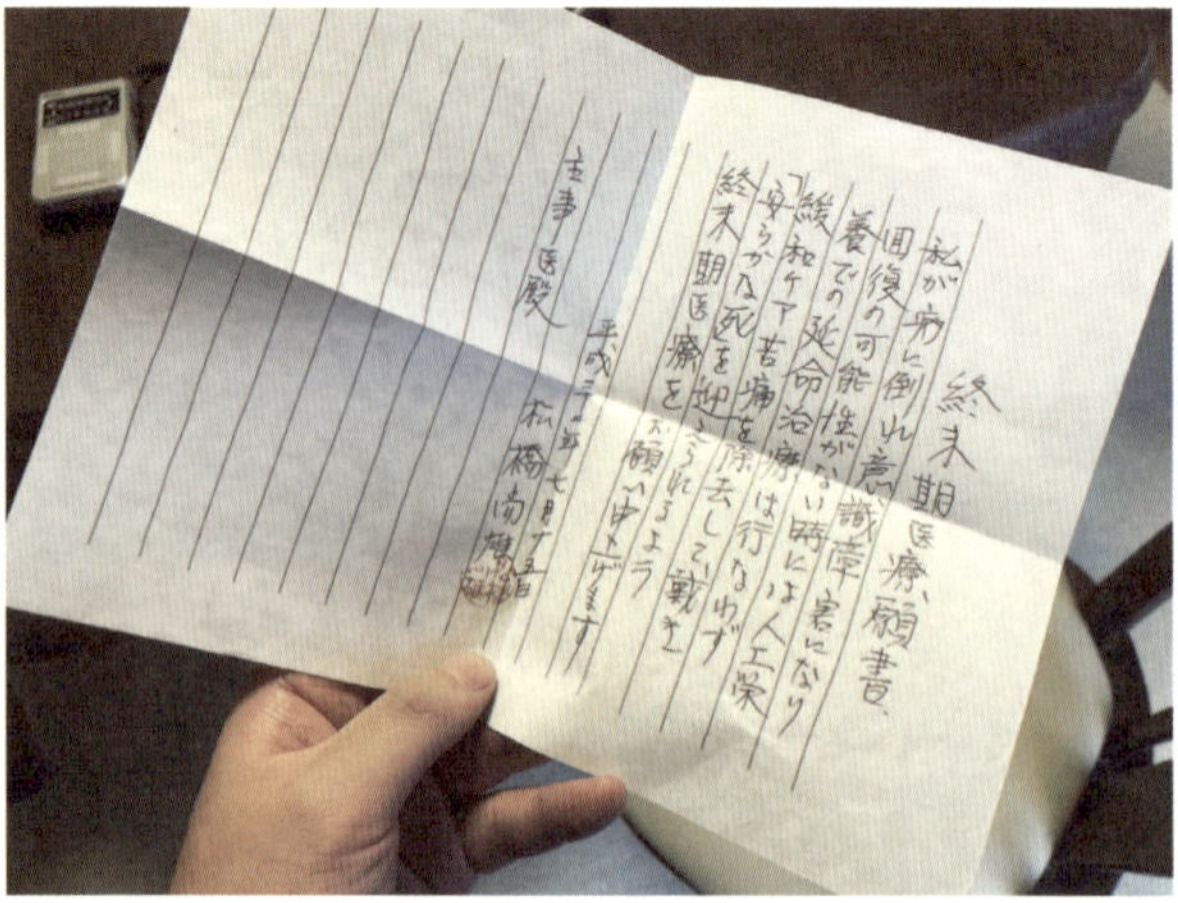

終末期医療願書

私が病に倒れ意識障害になり
回復の可能性がない時には人工栄
養での延命治療は行なわず
緩和ケア苦痛を除去して戴き
安らかな死を迎えられるよう
終末期医療をお願い申上げます

平成[illegible]七月十五日　松橋尚雄

主事医殿

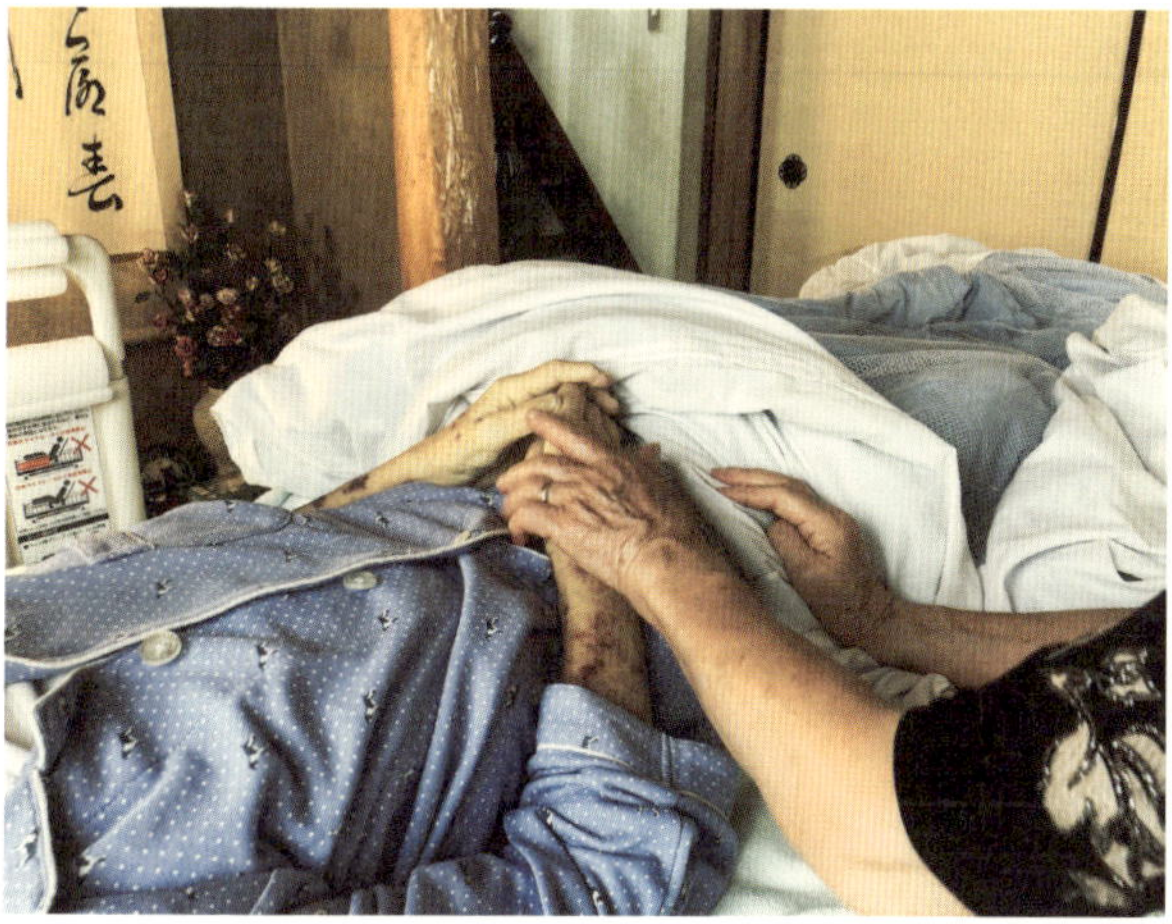

○

朝から、町田にある病院へ行き、そこでもらった資料を、近所のかかりつけ医に届けるという任務があった。わたしは、ふたつ以上やることがあると、頭がぐちゃぐちゃになってしまうのだが、それに加え、朝が苦手なのだ。というより、朝を前にした社会の様子がいやだ。はじまる、うごきだす、みんなで、という雰囲気に、寝床から掃き出されるみたいな気持ちになって、お腹が痛くなってしまう。

電車で通学していたころは、毎日下痢をしていた。ほんとに毎日下痢だった。車窓の景色はまぶしくてきれいなのに、わたしはぎゅうぎゅう詰めの電車で下痢になって冷や汗をかいているのだ。

朝そのものがよいものであればあるほど、わたしはうごきたくない。いつまでもぬくぬく、ベッドのなかでまどろんでいたい。そして昼前に起きて、たっぷり時間をつかってうんこを出したい。それができないのなら、せめて焦がしたトーストに、ハムと目玉焼きをのっけて、父の煎れた濃いコーヒーといっしょに目覚めたい。たぶんみんなもそうだろうに、なんでそうできないのだろう。だれに都合がよいのだろう。

わたしはそういった社会の流れと距離を置けるというだけで、びんぼうのままでいたいとさえ思ってしまう。

下痢をしながらたどり着いた町田の病院は、がんを中心に取り扱うところだからか、独特の緊張感があった。そうはさせまいという気遣いが、保育園のような壁のいろが、かえって不安を煽り立てるのだ。でもおじいちゃんは、いつもお行儀よく電車に乗って、ここに通っていたのだ。生きようとしてきたのだ。

そう思うと、なんともいいがたい感慨におそわれて、わたしは書類をくれた受付のおばさんに「いままでお世話になりました」と深々頭をさげた。しかし、顔をあげておばさんと目があった途端、なぜかまたお腹が痛くなり、「あの、トイレはどこでしょう」といきなりトイレを借りてしまった。おばさんは汗だくになってフロアを右往左往するわたしを訝しげに見ていた。

帰宅すると、ゆみおばあちゃんが来ていて、わたしとおばあちゃんのために、お寿司やさんで天丼を買ってきてくれていた。

「たまには贅沢して、体力つけないとね」。たしかに贅沢なんて、すっかり忘れていた。ほんとなら天丼くらい、孫のわたしが気を利かせて買ってくるべきなのにと思う。でもこんな高いもんふたつも買えない。

おばあちゃんとふたりで、わー豪華だね、と言いながら、まだほんのりあたたかい天丼を頬張る。天ぷらもタレもお米もぜんぶおいしくて、このところ食の細くなっていたおばあちゃんも、久々にまるごとたべきっていた。

食後お茶を飲んでぼんやりしていると、とつぜん寝室から「ゆうちゃん！」とゆみおばあちゃんの声がして、なにかと思ったら、おじいちゃんがまたベッドからおちていた。おじいちゃんはしゃがみこんだまま、わるいことをしたみたいにベッドの前でうつむいている。わたしはどこも怪我をしていないかを確認してから、おじいちゃんを起き上がらせた。おじいちゃんの身体は、もう抱き起こしのこつなんていらないくらいに軽くなっている。父はその感じを、「なんかぐにゃぐにゃなんだよな」と評していたけれど、たしかに独特のぐにゃぐにゃ感がある。細長いぬいぐるみのようなのだ。

無事ベッドに戻すと、おじいちゃんは「裕一郎がいてよかった。裕一郎がいてたすかった」と言ってくれた。わたしは「うれしいよ、うちがおじいちゃんの手足になるからね」とまたおでこにキスをした。愛情をこうして表すたび、大胆になるっていいものだと思う。そうでなかったころが信じられないくらいに。

ゆみおばちゃんと布団を整えながら、「そういえば」と、としおじちゃんが若いころ、ベッドから何度も落ちて怪我をしたことや、父がバイク事故で入院中、やはりベッドから転げ落ち、肋骨をへし折ったことなどを教えてくれた。うちの男はみんな落ちるのだ。わたしもいつだか旅先でベッドから転落し、後にも先にもないくらいでかい口内炎ができたことを思い出していた。正確にはわたしは男じゃなくて、なにでもないんだけど。

夕方には仕事おわりのとしおじちゃんもスーツ姿でやってきた。としおじちゃんはハンサムだ。声も、透き通った木くずが、こそこそ鳴っているみたいに品があるし、高校時代にはファンクラブもあったらしい。

おじいちゃんも、そんなとしおじちゃんがかわいくてたまらず、しょっちゅうとしゆき、としゆきと言っていた。父がかわいそうになるくらいに。

だが、おじいちゃんは今日、一瞬だけとしおじちゃんのことを認識できなくなっていた。目をしばしばさせながら、「ご無沙汰しております。おいくつになられたんですか」なんて、お客さんにするみたくにかしこまって言うのだ。焦って、おじいちゃん、としおじちゃんだよ、と言うと、おじいちゃんは「ああ、そうか。としゆきか」と納得していた。かと思うと、つぎの瞬間には「あれ、なんなの」とたずねてくる。

おじいちゃんは、なぜか昨日から、「何時か」と「だいじょうぶか」のほかに、「あれ、なんなの」とたずねてくるようになっていた。あれ、がなにを指しているかわからないまま、みんなで「なんでもないよ、だいじょうぶだよ」と答えるけれど、おじいちゃんはしぶとく、「あれ、なんなの」と繰り返す。なんなのってなんなの、と泣きたくなる。


日が暮れたころ、ようやく仕事の都合がついた恋人が、うちにやってきた。そのせいもあって、わたしは朝から緊張していたのだ。

「駅についたよ」と連絡が入り、父とふたりで車で迎えにいく。初対面の瞬間、「あはは一、はじめまして」と、父は明るかった。恋人も、「はじめまして」と、ちいさな声で、だけどしっかり笑っていた。わたしは、ちーだ、ちーだ、と本物だ、とうれしくてじゃれたくなったけれど、父の手前じっとがまんしていた。

家に着くと、おじいちゃんの意識はちょうどはっきりとしていて、「よろしくね、会えてよかった」と恋人に握手をしてくれた。数年前に会ったことは、残念ながら忘れてしまっているようだったが、それでもわたしはうれしかった。

母は豪雨のなか、仕事先のパン屋から雨合羽を着ての登場だった。フードですっぽり頭を覆い、その口をひもでしっかりすぼませて、おまけにマスクまでつけて、肛門マンって感じになっていた。穴から目だけを覗かせながら、「はじめまして」と恋人に言う。全身ずぶぬれでこれ以上ないほどに異様な姿だったが、そのくらいでちょうどよかった気もする。ゆみおばちゃんも、恋人との対面を、「うれしい、なんだか会ったことがある気がするよ」と言ってくれた。恋人はたしかに、なんだか会ったことがありそうな顔なのだ。

クーが廊下じゅうにおしっこをしてしまう、なんて騒動も交えながら夕飯を終えたあと、おじいちゃんにおかゆを食べさせた。恋人もいっしょに、全員でベッドを囲んでいると、みんなでひとつの花束になった気がした。でもおじいちゃんは、「そんなに見ていなくていい」と煙たがっていた。

そしておじいちゃんは、相変わらず「あれ、なんなの」とたずねてくる。みんなでいったいなんのことだろう、と首をかしげていたけれど、わたしはもしかしたら、要介護認定のことを言っているのかもしれないとピンときて、「おじいちゃん、昨日のあれは、おじいちゃんに介護がどれくらい必要かをしらべただけなんだよ。余計な延命治療なんてぜったいにしないから安心して」と言った。おじいちゃんは、まさにそのことを心配していたらしく、「ああ、そうかあ」とつぶやいて、胸をなで下ろしていた。それにしても、延命治療をぜったいにしない、と言い切るのは、おそろしい気分だった。

これでもう不安はなくなったかと思えば、また「だいじょうぶか」とたずねてくる。「みんな帰ってきたか。帰ってきたのか。なおこさんはだいじょうぶか」と、母のことも心配している。「だいじょうぶだよ」とおばあちゃんが答えると、「じゃあ、おまえはだいじょうぶか」とすごい形相で言う。

おじいちゃんの心配は愛情なのだ。わたしはやっと、それを腹の底から感じていた。そのあと、母がふざけて妹の名前を名乗ったら、おじいちゃんは「なに言ってんだあ」と笑っていた。母とおじいちゃんがそうやってふざけあう姿を見るのは新鮮だった。というより、史上初かもしれない。

あっというまに恋人が帰る時間になって、おじいちゃんに挨拶をしようと寝室に入ったら、おじいちゃんはくるしそうに息をしながら、ふたたび恋人に握手を求めて、絞り出すように言った。

「いい人に出会えてよかった。こんな姿ですみません。孫をよろしくお願いします」

その瞬間、わたしの身体は、おじいちゃんの愛の容れ物になった。おじいちゃん、おじいちゃん、おじいちゃん。おじいちゃんでいっぱいで前も見えない。おじいちゃんは、なにもかもを忘れていきながら、それでもわたしへの愛情をしっかりと胸に残していたのだ。おなじみの不安や心配としてではなく、これ以上ないほどくっきりとした、愛情のままのかたちで。それを、しっかりと恋人に託したのだ。なんて根性だろう。なんてすごいおじいちゃんだろう。

わたしはこれまでの自分が、どれほどしあわせだったかを思い知っていた。となりでは恋人も涙ぐんでいて、わたしたちはおじいちゃんの目にしっかりと映るように、ふたりで肩を寄せ合った。

同時に、こんなふうに家族との関係を築くことのできない、多くのマイノリティの存在が胸をよぎった。恋人だってそのひとりだ。たぶん、彼の家族になにかあったとしても、わたしはこんなふうに、家に駆けつけることはできないだろう。

カミングアウトができない、という問題だけにあらず、カミングアウトをしたことで、家族との関係がこわれてしまった、という人もいるかもしれない。

しかし、わたしがこうして記録し、語り継ぐことで、あなたの家族は、あなたを肯定できなかったかもしれないけれど、うちのおじいちゃんは、わたしを通じて、あなたの存在をも肯定したのだと言いたい。それくらいの大仕事を、うちのおじいちゃんはやってのけたのだ。

「そうだ、はい」

と、別れ際に、恋人が、ちいさな巾着をくれた。なかには、ゥーが入っていた。

「ゥー！」とわたしはさけんでだきしめる。ゥーは、お友だちのアサさんが、以前ウクライナの骨董市で見つけて買ってきてくれた、プラスチック製のクマの人形だ。おそらく七十年代につくられたもので、恋人にもわたしにも似ているので、ふたりの子ども、としてだいじにしている。

帰宅してテレビをつけると、ちょうどロシアによるウクライナ侵攻のニュースをやっていた。家に帰ってきてから、意識的に戦争のニュースから目を背けようとしている自分がいたけれど､急に現実が、ゥーとなって目の前に現れた気がした。とおくの国で、とおくの国の人たちが殺されているという現実から、いまここにいるわたしが、のがれられることはけっしてない。ましてわたしは、ゥーの母親なのだから。

かつてゥーをつくりだしたひとたちは、どうしているだろうか。ゥーを愛していたひとたちは、どうしているだろうか。あそびあきたゥーを捨てずに、まただれかの手に渡そうと、縁をつむいだ人たちは。受け取った人たちは。生きているだろうか。ころされてしまっただろうか。

そしていまウクライナでは、わたしみたいなだれかも、わたしみたくおじいちゃんからの愛情に気がつく前に、ころされているかもしれない。あるいはその人のおじいちゃんも、九十二歳を迎えることなくころされてしまったかもしれない。わたしは自分の身に置き換えてみて、今日というすばらしい日が存在しなかった可能性なんて、考えたくもない。おじいちゃんの気持ちが、おじいちゃんの言葉が、わたしのなかで機能することなく消滅していたとしたら、わたしはどうやって、これからを生きていったらいいのだろう。

いまここにあるべきだった瞬間を、無限に機能しうる可能性をもったいのちを、交わされるはずだった言葉を、ごっそりと断ち切ってしまう戦争というものを、わたしはあらためて憎まなくてはいけないと思った。戦争はするなと言わなくてはいけない。たとえおうちで介護をしていても、ひとりごとでも、さけばなくてはいけない。奪われてはいけない。

それにしても、プーチンなんて、いかにも陽気そうな名前なのに。

○

十時半ごろ目が覚めて、おじいちゃんの様子を見に行くと、おじいちゃんは昨日にも増して息苦しそうだった。痰が絡んでいるようで、とってあげたいのに、わたしとおばあちゃんには方法がわからず、おろおろするしかできない。

昨日、恋人としっかり握手をしていたことがうそのように、意識も混濁していて、呼びかけにも応えないし、ただぜいぜいと荒い呼吸だけがあった。とても食事はとれそうもなかったので、身体を起こして、栄養ドリンクをすこしだけ飲ませる。でも、とにかくくるしそうで見ていられない。

おばあちゃんは救急車を呼んだほうがいいかしら、と言っていたけれど、わたしは、もし病院に連れていったら、病院でのお別れになってしまう、という母の言葉を思い出して、「しばらく様子を見よう」とやんわり止めて、その肩を抱いた。おばあちゃんの身体は信じられないほど薄く、細くなっていた。

父のガラケーに、「おじいちゃんがくるしそう」とメールを入れると、「すぐに帰る」と返事があり、母も薬局でオムツを買って帰ってきてくれた。つづけて、としおじちゃんとゆみおばちゃんも駆けつけ、なんとなく妹以外の全員がそろった。

母がオムツを確認すると、下痢ともなんとも言い難い、身体がぷっと吐いて捨てたもの、って感じのうんこがすこしだけ出ていた。「お父さん、いやだったね。これでちょっとは安心だね」と言いながら、母がおしりを拭いて、おむつを替えてあげる。でも、おじいちゃんの呼吸は変わらなかった。

近所のかかりつけ医の先生が来てくれることになり、わたしはそのあいだにクーの散歩に出かけた。ぶあつい灰色の雲の向こうから、熱がじっと押し寄せてくるような暑さだった。工場のあいだを縫うようにして歩き、鉄塔をくぐって家に帰る。ただでさえ心もとないのに、ますます不安を煽り立てるような風景だ。

ふるさとめと思う。

わたしが帰宅すると、先生はすでに帰ったあとだった。先生が来たとき、遠のいていたおじいちゃんの意識がほんのすこし戻り、「どうされたんですか」と言ったらしい。先生は「あそびにきた」と冗談を言い、おじいちゃんはにやりと笑っていたという。

先生の話では、今日の夕方にでも酸素吸入を開始し、訪問看護も取り入れていくべきでは、とのことだった。散歩中にしらべたところによると、おじいちゃんの呼吸は、死の数日前に現れる死前喘鳴《しぜんぜんめい》というものらしく、側から見たらとてもくるしそうだが、本人はそうでもないという。けれどわたしは、へえそうなんだなんて、思えなかった。だいたい死前喘鳴なんて、なにかどえらい攻撃の名前みたいじゃないか。これがくるしくないなんて、じゃあだったら、人間の身体とはなんだろう。生きているとはなんなんだろう。

お昼には、母が作ってくれたラーメンを、みんなで順番にたべた。父ととしおじちゃんがおじいちゃんのそばにいてくれているあいだ、リビングに残された母とゆみおばちゃんとわたしとで、おばあちゃんを囲みながら、これからもがんばっていこうね、という話をした。残りどれくらいの期間かはわからないけれど、みんなで協力していかなくてはいけない。

そのときだった。とつぜんおばあちゃんがうわあっと、声をあげて泣きだしたのだ。もう二度とぜったいに聞きたくない、見たくもない、でも忘れられない、胸のつぶれるような嗚咽だった。

ほとんど同時に、としおじちゃんがリビングにやってきて、「なおこさん、救急車を呼んだほうがいいかもしれない」としずかに、でも強い口調で言った。

慌ててみんなでおじいちゃんのそばへいくと、おじいちゃんはすでに、息をしていなかった。「まだ脈はあるぞ」と父が腕に触れながら言ったが、わたしも、ほかのみんなも、なにが起きているのかわからなかった。

すると、ゆみおばちゃんが、先陣を切ってさけんだ。

「お父さん、ありがとう!」

おかげで、みんなはっとして、つぎつぎに「ありがとう」とさけぶことができた。わたしもさけぶ。「ありがとう。愛してるよ。おじいちゃん、愛してるよ。ありがとう！」。

おばあちゃんは「そんな、もっとお世話させてよ」と、愛おしそうにおじいちゃんのおでこに頬を寄せていた。介護ではない、お世話という言葉に、わたしはおばあちゃんの愛情のすべてがつまっている気がした。

そしておじいちゃんは、すうっと息を吸い込むように胸をふくらませると、二度とその息を吐き出さなかった。

九月二十三日、午後一時半ごろのことだった。

「いのちって、儚いものだね」と、おばあちゃんはぼんやりとつぶやいていた。

さっき帰っていったばかりの先生は、おじいちゃんがしんだ、という知らせにびっくりしながら戻ってきて、汗をかきながら、「おいおい、早すぎるよ」と声を震わせていた。ちいさな町の病院で、むかしから家族でお世話になっている、ほとんど親戚みたいな先生なのだ。

そうして午後一時五十分ごろ、亡くなっている、ということを正式に確認してくれた。老衰です、大往生ですと言われて、わたしは誇らしい気持ちだった。

きっとおじいちゃんは、ややこしい酸素吸入だの、訪問看護だのなんて、望んでいなかったのだ。全員に囲まれて見送られるなんて、おおげさなこともいやだったのだ。それでそばにとしおじちゃんと父しかいないタイミングで、にげるように逝ってしまった。

なんておじいちゃんらしいんだろう。

おじいちゃんは、とても安らかな表情をしていた。おじいちゃんという人から、不安をすべてぬぐいさったら、こんな顔になるのか、とびっくりするほどだった。すくってもすくっても湧き出てくる不安を、こころゆくまで出し切った、というふうにも見える。どことなく、妹にも似ていた。生きて、動いているときにはわからなかったほんとの顔が、やっと現れたって感じがする。この顔を目指して、おじいちゃんはずっと、がんばってきたのかもしれない。

そうか、おじいちゃん、すごいね。

おじいちゃんの勝ちだね。

それから、ばたばたと葬儀屋に連絡をしたり、おばあちゃんの甥にあたる住職のみねしちゃんにも連絡をしたりした。みねしちゃんもとつぜんの訃報にとてもおどろいていたようだった。

夕方には農協の人たちがやってきて、このたびは、お悔やみ申し上げますなどと言われたけれど、みんなぼーっとしていて、なんだか実感がわかなかった。一応注意として、「こういうときは、通常とはちがいますので、みなさん事故などを起こしやすくなっております。どうかお気をつけください」と言われ、そんなもんかとぼんやり聞く。

夜になって、ゆみおばちゃんとふたりで、おじいちゃんの枕元に飾るための花を買いに出かけた。しかし、夜の八時を過ぎていたので、お店は閉まっていた。当たり前だ。なんで時計を見なかったんだろう。「やっぱり、ふつうのときとはちがうんだね」と言い合う。

帰路に着く最中、前の車の赤いテールライトに照らされながら、ふいにゆみおばちゃんが語りはじめた。

「わたしたちに子どもができなかったときね」

わたしは息を飲んで、うん、とだけ返事をする。

「三十年前の医療では、どっちに原因があるかわからなかったの。つまり、おたがいパートナーをチェンジすれば、子どもを持てる可能性があったってこと。けど、としちゃんはね。別れるなんてこと、一言も言わなかった。としちゃんだけじゃない。お父さんとお母さんも、なにも言わないで、笑ってそこにいてくれたの。わたしは、すばらしい人たちのところに、嫁いできたんだと思ってる。この家の人間になれて、ほんとによかった」

その語り口や、熱のある瞳がうつくしくて、わたしはしばらく無言で、ゆみおばちゃんを見つめていた。胸がいっぱいで、「そっか」という以外の言葉が、出てこなかった。けれど、出てこなくてよかったと思う。あの時、あの車のなかでの時間には、わたしごときが触れてしまってはいけない、やわらかくて、だいじななにかが含まれていたのだ。

そしてわたしは、家族についてめちゃくちゃに書きまくった『焦心日記』を出したときに、ゆみおばちゃんだけが唯一「ゆうちゃんは、なにも背負わなくっていいんだよ」と言ってくれたことのお礼を、やっと伝えられた。「あたし、そんなこと言ったかな?」とゆみおばちゃんは笑っていた。思えばゆみおばちゃんとふたりきりなんてはじめてだった。こういう時間も、わたしはおじいちゃんから授かったのだと、深く思って胸に手を当てた。わたしの心臓はうごいている。おじいちゃんからもらったほのおを、いまだ燃やしつづけている。

家に帰ると、仕事でどうしても駆けつけることのできなかった妹が帰宅し、「おじいちゃん、ごめんね、ごめんね」とすがりつくように泣いていた。けれどほかの家族はもう、おじいちゃんがしんだってことに慣れてしまっていて、妹が泣いている背後でせっせと片付けをしたり、ぽかんとしたりしていた。ぽかんとするなとわたしは結構その図が笑えた。

遅めの夕飯をみんなでした。おじいちゃんがしんだっていうのに、ふしぎと晴れやかな空気だった。母もがんばって、できるかぎり豪勢なごはんをつくってくれた。お酒もあけて、まるで打ち上げのパーティーみたいだった。しくしく泣いていた妹もけろっと足並みをそろえ、このところ訓練しているというイノシシの仕留め方の話をしたり、おばあちゃんが取ろうとしていた棚のうえの荷物を「あたしが取る」と言って、ひょいと小猿のように取ったりしていた。

わたしは、とにかくすごいものを目撃した、という興奮がおさまらず、何度も「おじいちゃんはすごい」と言ってしまった。

父も「いやあ、あんなしにかたをおれもしてえなあ。でも、できないだろうなあ。ぱらんぽんぽんぴよんぺえ」と、久々に、機嫌のいいときの変な語尾を繰り出していた。

そういえば、長野にいるおじいちゃんの親戚への連絡ができていなかったので、すっかり酔っ払った父が電話をかけると、「とつぜんですが、父が亡くなりまして」と言ったあとに、なにを伝えるのかを忘れてしまったらしく、「あれっ、なんて言ったらいいんだっけ！」と混乱しはじめた。とんでもない粗相だ。しかもいつのまにか電話が切れていたらしく、「お、なんか切れちゃったぞ。この電話、こわれてるのかなあ」とへらへらしていた。母は激怒して、頭をひっぱたいていた。

しばらくして折り返しが来た。だめだめな父のかわりにとしおじちゃんが出ると、なんと父が粗相をする直前のタイミングで、たまたま停電が起こって、電話が切れてしまっていたらしい。奇跡みたいな出来事だ。おじいちゃんがやったんじゃないかと思えてくる。としおじちゃんは、よどみなく要件を伝え終えると、「では」とスマートに電話を切った。みんなで拍手をしたことは言うまでもない。

外ではははげしい雨が降っていた。まるで惜しみなくお祝いをするような雨だった。おじいちゃんは生ききったのだ。わたしも、一カ月ほど、そばにいて、しっかりと関わることで、悔いなく見送ることができた。


としおじちゃんとゆみおばちゃんが帰ったあと、みんなでおじいちゃんを囲んで、しずかな時間を過ごした。見れば見るほど、おだやかな顔だ。

「おじいちゃん、よくやったね。立派だね」

わたしは、おじいちゃんの指に巻かれていた絆創膏を取って、恋人が持ってきてくれたペンダントのなかにしまった。これを一生、取っておこう。ほかの人には不気味であろうこの血つきのよれた絆創膏が、わたしにとって、おじいちゃんの存在していた証になるのだ。

おじいちゃん、九十二年も、ほんとによく生きたね。

愛してるよ。

○

翌朝、妹がそわそわしていたので、どうしたのかと思ったら、「こんなときになんだけど、あのことを、ママとパパに言おうと思うんだ」

「すごくいいと思う」とわたしは、動画撮影の係を申し出た。

みんなでトーストとゆでたまご、濃いめのコーヒーを飲み、ひと息ついたとき、母と父がなにやらくだらない口論をはじめた。職場にある荷物をどう運ぶかみたいなどうでもいい話だ。母は二人いれば運べると言い張り、父は重くてとても素人には運べないぞ、と弱々しくも母の言うことに反論していた。「あんた、じゃあだれが運ぶんだよ」と母はトーストを片手に激昂し、父は気圧されつつもなにかもごもごと言っていた。はいそこでストップ、とわたしが制止しても、ふたりはまだ納得のいかない顔をしている。

そこで、「こんなときに申し訳ないんだけどさ」と妹が口を開き、「これ」と、妊娠検査薬をふたりに見せた。

「これって……」「これって……」とふたりは目を泳がせ、「コロナ?」と言った。ちがうだろとずっこけていると、「やや、妊娠検査薬か!」と父が気がついた。「いまやったのか」いまなわけない。

「どう、感想は」と妹がたずねると、母は満面の笑みになって、「あんた、さっそくおじいちゃんが生まれ変わってくるんじゃないの」と妹のおなかを見て笑った。そして「あたし、洋服とかいっぱい買ってあげちゃうんだ」と抱負を語っていた。

なのに、つぎの瞬間、父がいきなり「それであの荷物はどうするんだ」と話を戻しだした。つづけて母も「だからどうにかなるって言ってるだろ。このハゲ」と反論する。「ちょっと、この話もうおわっちゃうの」と、わたしと妹は顔を見合わせて、呆れたように笑うしかなかった。

つづけて、おばあちゃんにも、妊娠の報告をした。「こんなときにごめんね」

と前置きをして妊娠検査薬を見せると、おばあちゃんはなにこれ、という感じで手にとって、「わあ、ちいさな体温計」とまじめに言った。

「ちがうよおばあちゃん、これ妊娠検査薬」

そう妹が告げると、おばあちゃんはぱっと笑顔になり、「あら、妊娠したの、おめでとう！」と言った。

「まだほんとに初期だからわからないんだけど、でもいまだからこそ、おばあちゃんにも報告しておきたかったんだ」と妹が涙ながらに言うと、おばあちゃんは「よかったよかった」と言いながら、母を指差して、「おばあちゃーん」と笑った。母も「あたしをおばあちゃんなんて呼んだら許さないよ」と笑っていた。

「おじいちゃんには、ゆうちゃんから報告してくれたんだ」

そうなのだ。恋人が来てくれた夜、まだ意識のあるときに、なんとなく伝えておいたほうがよい気がして、耳元で囁いておいたのだ。おじいちゃんはへらっと笑いながら「そうか」と言っていた。あのとき機転を利かせてよかった。おじいちゃんは、自分がいなくなったあとの世界に、希望を感じながらこの世を去っていったのだ。

おばあちゃんも、「ああ、ならよかった」とうれしそうだった。兄として、はじめてよい仕事をしたと思う。

そのあとうんこをしながらセーラームーンのまんがを開いたら、「絶望することはありません　いつでも終焉とともに、希望と再生があるのです」という、いま感じていることそのものみたいなセリフが目に飛び込んできて、思わず本ごと抱きしめた。ここから、またなにかがはじまるのだ。あたらしい存在がやってくるのだ。

しかし結局、その子が生まれてくることはなかった。おじいちゃんを失った我が家に、希望と未来だけを感じさせて、さっといなくなってしまった。

どうやら酵素によって溶解され、妹の身体に吸収されていったらしい。お医者さんは、まれにあることだけれど、ここまで日数が経ってから起こるのはめずらしい、と首をかしげていたという。

心臓さえ持たなかったその存在を、いのちと言っていいのかわたしにはわからない。でも、間違いなく発生して、お腹の外の世界に機能して、消えていったのだ。そしていまもこうして、忘れられない記憶として機能しつづけている。

わたしはまた、存在というものの重さについて思わずにいられない。生まれてこなかったということは、ほんとに残念なことだけれど、でも、果たしてその子が存在し、機能しつづけているという現実と、なまものとして生まれてくる／きたこととのちがいが、本質的にはどれほどあるのだろうか。

妹に相談して、わたしはその子に、名前をつけさせてもらうことにした。かなしみに飲まれそうだった我が家を、明るく照らしてくれたその子の名前は、「くるむ」である。みんなをそっとくるみ、またべつの場所に、未来という名の場所に、連れていってくれた子。

くるむ、ありがとう。そして、生まれてこなかったすべての子どもたちに、ありがとう。ずっとずっと、愛しているよ。

ぜったいに忘れないよ。

さて、夕方から納棺師がやってくることになり、おじいちゃんに化粧をしてしまうというので、わたしは、安らかなおじいちゃんの顔を、心ゆくまでながめた。おばあちゃんはおじいちゃんのおでこをなでながら、「わたし、なんであのとき、泣いてしまったんだろう」と、昨日とつぜん泣きだしてしまったことをふしぎがっていた。

「思い返してもわからないの。なんでか泣いてしまったの」わたしはおじいちゃんが、最後にじゃあねと報せていったのだと思えてならなかった。

ゆみおばちゃんと昨夜買い逃した花を買いに行き、おじいちゃんのそばに飾ったりしていると、納棺師の人たちがやってきた。のっそりした四十代くらいの男女ふたり組だった。死化粧をするのは、湿気で膨らんだ髪をヘアピンでまとめた女の人で、はきはきした人ではぜったいにないけれど、ぼそっとなにか、おもしろいことを言いそうな気配があった。人知れずへんなものを集めたりもしていそうだ。

わたしはなにやら家族総出で儀式のようなことをさせられている最中も、彼女に注目していた。どうやら、母も注目しているらしい。こういうときばかり気があってくる。

儀式がおわると、「エンゼルケアをはじめさせていただきます」と言って、とうとう作業がはじまった。おじいちゃんそのものの顔とはこれでお別れだ。見ていてもよいというので、すこし離れたところから、わたしは死化粧もふくむあれこれの処置をながめていた。先ほどの女の人が、専用の道具と思われる棒やなにかを駆使して、おじいちゃんの身体をケアしていく。その淡々とした様子にも、独特のおかしみがあって、わたしはいっそ友だちになりたいような気がしていた。

「では、ここから先は、ご遺族の方に見ていただくにはしのばれますので……」と遠慮気味に言われ、いったいどんなことをあの人がするのだろうと、名残惜しい気持ちでリビングにもどりつつ、しぶとく振り返ったら、おじいちゃんのまぶたに、なにかぶっといテコのような道具をぐいっと突っ込んでいた。一見すると無表情だが、目の奥が爛々としている。食う気なのかと思うほどだった。

できあがったおじいちゃんの死化粧は、ど派手だった。バレリーナのような顔になってしまった。えっと困惑しているうちに、例の女の人はそそそと横歩きするようにあっという間に我が家を去っていった。

こんなのおじいちゃんじゃない、と戸惑いながら、せっかく安らかだった顔を、踏みにじられた気持ちになっている自分がいた。一方で、身体は、おじいちゃんの容れ物だったのだ、という感慨もあらためて抱いていた。生きているあいだ、とってもたいせつなものだったけれど、存在そのものの重み、たましいとでも言うべきものと比べると、道具にちかいのかな、と思う。
おじいちゃんの中身はどこへ行ってしまったのだろう。わたしはやっぱり、これきり消滅してしまったのだとは思えなかった。きっとどこかに行っていて、なつかしい人たちに会っている。そう考えるほうが好きなのだ。

ゆみおばちゃんたちが帰ったあと、入れ替わるように、母方の親戚の順二とのりちゃんがやってきた。わたしはこの十年ほど、いろいろあって母方の親戚とは関わらないようにしていたのだが、ふたりは母方の親戚のなかで、唯一といっていいほど、わたしを傷つけなかった人たちだ。「おかまです」なんて言いはじめたときも、「ゆうちゃんはゆうちゃんなんだと思ってるよ」と言って、それ以上のことは語らないでいてくれた。そんな話も、十年ごしにすることができた。とてもいい時間だったが、みんなで話し込んでいる最中、おばあちゃんがひとり、リビングでカレーをたべていたことが、気がかりでしょうがなかった。

ふたりが帰っていって、みんなが寝静まったあと、わたしは急に涙が止まらなくなった。急に、おじいちゃんがいなくなった、という現実がのしかかってきたのだ。存在がつづくとかなんだとか言っても、しんでしまったという事実は覆しようがない。そのことに、わたしというより、わたしのなかの動物の部分が、打ちのめされていた。

コーヒーを買いに外に出ても、おじいちゃんがいつもの帽子とめがねで、ひょいと出て来そうな気がしてかなしかった。でももう、わたししか泣いていない。みんな進むのが早い、早すぎると思う。

○

起きたら、おばあちゃんの姿がどこにもなく、心配になって探し回っていたら庭にいた。汗をかきながら、せっせと花の世話をしている。きっとおじいちゃんの介護中、ろくに手をつけられていなかったにちがいない。

「おばあちゃん、おはよう。暑いからお茶を飲まないとだめだよ」と麦茶を差し出すと、「ありがとう」と言いながらひとくちだけ飲み、「あ、いけない。ゆうくんの顔見たら思い出した」と、しわしわになった洗濯ものを干しはじめた。

それからふたりで、庭の花を見てまわった。花はおじいちゃんになにがあっても、黙々と水を吸いあげて生きている。我が家のクライマックスもおかまいなしにつづいていく世界を、その無常さを、神秘を、なまぬるい風にそよぐ花たちが唄っているように思えてならなかった。

昼ごろ、ゆみおばちゃんのお母さんがうちに来てくれた。会うのは、月世界というちいさな中華屋さんを、ゆみおばちゃんの実家がやっていたとき以来だから、じつに二十年以上ぶりになる。わたしはいまでも、月世界で味わった濃厚でやさしいみそラーメンの味に再会したくて、ほうぼうをめぐっているけれど、なかなかあの味には出会えない。

ゆみおばちゃんのお母さんも、数年前に旦那さんを亡くされており、「さみしいですよね」と、しみじみと話していたのが印象的だった。将来わたしが恋人を亡くしたとき、こんなふうに不在を受け入れることができるだろうか。想像できない。

気さくで軽快な話しぶりのおかげで、はじめはどこかよそいきの顔をしていたおばあちゃんも、だんだんと安心した表情になっていった。NHKの体操がよいという話と、ごぼうのきんぴらを作っていたら筋肉痛になったという話が、あるあるネタとして盛り上がっていて、わたしもつい笑ってしまった。喪失を経験した人がまわりにいてくれることは、なんて心強いのだろう。

つづけて母方の祖母もやってきて、やっぱり八年ほど前に祖父が亡くなったときの話をしていた。しばらくはさみしいけれど、でも前を向いていかなくちゃ、と締めくくっていて、生き残ったのがおばあちゃんたちでよかった、と思った。もしおじいちゃんたちだったら、かなりしょぼくれていたにちがいない。

同時に、結婚してたったの十年で礼さんに先立たれてしまった、恋人のお父さんの存在を思う。


夕方からはまたみんなであつまって、遺影をどれにするか決めた。かなりたくさんの候補があって迷ったけれど、旅行中の車内で撮られた一枚の写真がいちばんいいよね、ということになった。おじいちゃんらしい、はにかみ笑いがかわいいのだ。ちなみに撮ったのはおばあちゃんだ。

写真を決めたら、つぎは背景の色を決めなくてはいけなかった。コピーして切り抜いたおじいちゃんの写真をつかって、「あたしこの色がいいと思う」「あたし

は こっち」とか言いながら、こっくりさんみたく色見本のうえを移動させる。

結局、背景の色は指定せず、写真をそのまま使うことになった。背後からほのかにひかりが差していてきれいなのだ。

ほかにも決めることがたくさんあって、お通夜とお葬式で出す食事の内容がそれだった。あれがいいとかこれがいいとかしばらく意見がぶつかっていたけれど、外出していた妹が帰ってきて、メニューを見るなり「これにしよう。はいきまり」と即決させていた。彼女は茶碗蒸しに目がないのだ。

夜は、「こういうときは、ペットボトルのお茶を用意しておくのがいいよ」とゆみおばちゃんが持ってきてくれた特大麦茶を、「たしかに便利だ」と言い合いながら、いつもどおりの食事をした。しかしわたしは、おじいちゃんの席に座っているだけでも、涙が出てきて止まらない。

夕飯のあと、おじいちゃんのアルバムをあるだけテーブルにならべて、みんなで見た。妹の思いつきで、お通夜の際に、ちょっとしたおじいちゃん写真展をしようということになったのだ。

そのなかに、ふるびた卒業アルバムがあった。戦死したおじいちゃんのお兄さんが載っているもので、父がなんと、東京の骨董市でたまたま手に入れたのだ。母の趣味に付き合ってふらりと着いていっただけなのに、「なんだこりゃ」と手に取ったそれが、おじいちゃんの出身校でもあるふるさとの学校の卒業アルバムだったというだけでもすごいが、そのうえ戦死したおじいちゃんのお兄さんが載っているなんて、いよいよ計り知れない確率のできごとだ。

表紙には「昭和十二年 三月 三水《さみず》尋常高等小學校（高等科）」と書かれているが、三水尋常高等小學校はその後、三水第一小学校と名前を改め、つい最近合併にともない閉校したらしい。三水第一小学校としての歴史をまとめた本もうちにはあるのだが、そこにも、卒業アルバムの冒頭に収められている、色あせた木造校舎の写真は載っていない。つまり、すくなくとも学校では、アルバムを保管していなかったということだ。現存しているのだって、せいぜい数冊だろうし、おじいちゃんのお兄さんの写真自体、たった一枚しか存在していない可能性が高い。

そんなすごいものを手に入れたのに、父はたいしておどろいていない。「すげえよなあ」と言うだけである。ほかのみんなも「すごいね」としか言わない。わたしだけが鼻息を荒くしているが、この件についてはわたしがぜったいにただしいと思う。

そういえばわたしは、おじいちゃんに何人兄弟がいて、だれがどう亡くなったのかをよく知らなかった。このさいだから聞いておこうと思いたずねると、おじいちゃんは男ばかりの五人兄弟の末っ子で、卒業アルバムに載っていたお兄さんは、二番目のお兄さんだったらしい。

一番目のお兄さんである悦雄《えつお》さんと、二番目のお兄さんである澄雄《すみお》さんは、戦争のせいで亡くなっており、三番目のお兄さんである制雄《さだお》さんは、少年飛行兵に志願し、特攻隊としてしぬはずだったものの、ぎりぎりで終戦し、数年前まで元気にりんご農家をしていたという。

「あたし覚えてるよ。りんごのおじちゃんだよね」と、妹が言った。明るくて、愉快な人だったらしい。わたしはてっきり、制雄さんが戦死したのだと思って、以前本にも書いちゃった気がする。うっかりにもほどがあるミスだ。

その制雄さんが、長野にあった出版社から、少年飛行兵だった過去について書いた本を出版していたことを、この日知った。また、自費出版でも一冊本をつくっており、そちらは制雄さんが亡くなる寸前にできあがったとのことだった。ちなみに死因は前立腺がんである。

自費出版のほうから開いてみると、早速卒業アルバムに載っていた澄雄さんについての記述があった。

この時の兄は早生まれの二十一歳だった。一銭五厘《いっせんごりん》の召集で暁部隊に入り、船舶兵だった。そして十月十日に、台湾澎湖島《ほうことう》沖で戦死した。

爆撃か　魚雷かは知らぬ船沈み　船舶兵の兄泳げざりし

私は近ごろ、年のせいか涙もろくなった。戦死した兄や、特攻隊で散った若者を思うと、もう涙がこみあげてくる。私をさっきから見ていた保育所年長組の孫が「おじいちゃん泣いているの」と言って、私の顔をのぞき込んだ。

昭和ゆき　平成なれど　戦死した　兄二十一歳の俤《おもかげ》きえず。

お骨はとうぜん見つからず、後日届けられた骨壷のなかには、石ころがひとつだけ入っていたという。

また、いちばん上のお兄さん、悦雄さんについての記述もあった。

私の長兄に召集令状が来たのは、昭和二十年の三月ころだったらしい。らしいというのは、そのころ私は軍の学校を卒業し、熊谷の航空隊にいたので、はっきりわからないからだ。

長兄はその時、二十六歳だった。初年兵で二十六歳といえば、若者ばかりの軍隊では〈老兵〉である。長兄の小学校の同級生で、二十歳で徴兵検査に合格して征った者はもう下士官で、早いものは曹長になっているのに、兄のような〈老兵〉を、軍はなぜ集めたのか。

「本土決戦、本土決戦」などと言って国民を惑わし、「最後は必ず勝つ。『神風』が吹く」と言った。航空隊では、参謀たちが下っ端の私たちにも気合いをかけた。

もともと丈夫ではない長兄が、あの地獄のような内務班で勤まるはずがない。〈老兵〉はたちまち体を悪くして、陸軍病院に入れられたらしい。

そして、八月十五日の敗戦で、すぐに退院させられ、八月の十七日にはもう家に帰されていた。まるで、邪魔者はすぐに帰れとでもいわんばかりに…。私もその後家へ帰ったが、長兄は元気がなかった。いやな軍隊から解放され、よほど嬉しそうにしているかと思ったら、弱々しい虚ろな眼をして、軍隊の話など一言もしなかった。

九月の二十日ごろから寝込んでしまい、二、三日すると毎日午後に高熱を出した。そして、九月三十日に急変して死んでしまった。たった二十六歳の短い生涯だった。

国はなぜ、あんな〈老兵〉を敗戦まぢかになって召集し、命を奪ったのか。犬死だった。戦病死にもならず、ただ一人、さびしくお墓で眠っている。

今年は敗戦から六十年。兄が死んでから六十年だ。「憲法九条改正」などといわれると、腸が煮え返る思いで、じっとしていられない。

うちには悦雄さんの写真は残されておらず、書類のすみに手書きで「脳炎にて死す」とあった。

つづけてもう一冊の本を開くと、船舶兵だった澄雄さんから、おじいちゃんに宛てて届いた手紙について書かれていた。

九月二十四日の日付で、なぜか私の一番下の弟尚雄《ひさお》あてに次のようなハガキが来ていた。

暑いあつい夏も過ぎ大分涼しくなってきました。其の後君は元気で増産に勉強に励んで居ることと思います。私も相変わらず元気旺盛にて軍務にはげんでいます故御安心ください。当地もすっかり秋らしくなり赤トンボもとぶようになった。そちらの方は、スズ虫やこおろぎが盛んに鳴いていることと思う。君も元気で頑張ってくれ。

まだちいさな弟、としてのおじいちゃんが、そこにいた。こんなにもだいじにされていたのだ。だいじにしてくれていたお兄さんだったのだ。わたしが涙を流していると、おばあちゃんは言った。「おじいちゃんね、お兄さんたちについて話すとき、いつも泣いていたの。兄貴たちはかわいそうだった、おれは長生きしなくちゃいけないって」

おじいちゃんから無限に湧き出ていた不安が、心配が、執念が、わたしはようやく紐解けた気がした。

戦争だったのだ。戦争のやつがつくったのだ。

わたしは、まだおさなかったせいで召集を免れたおじいちゃんのおかげで、いまこうして存在している。

わたしは平和の子だったのだ。そうでなくては、発生しようのない存在だったのだ。


本のなかには、自ら少年飛行兵として志願し、武蔵野の航空学校へやってきた当時のことも書かれていた。

三日目の朝だった。私は午前四時ごろ目が覚めて便所へ行くためにそっと外へ出た。東の空は明るく、三すじほどの茜雲がたなびいていた。武蔵野は広い。遠い地平線の彼方から太陽が昇るのだ。私たちの山国とは違う。夜明け前の一種荘厳な気持ちになった。そしてまだ家を出て四日しかたっていないのに、早くも故郷がこいしくなった。遠くへ来たんだなあとしみじみ思った。憧れていた東京へ、そして航空学校へ。農家の三男の俺が陸軍生徒になれるだろうか、今日は合格者の発表があるだろうか、みんな今着ている学生服や青年学校の服を、軍服に着かえられるだろうかと思った。

その時は消耗品になるなどとは思ってもいなかった。戦争末期の昭和二十年の沖縄戦では、二五〇キロの爆弾を小型機に抱いて敵艦に体当たりさせ、悠久の大義に生きるという美名のもとに、大勢の若者が死においやられた。肉弾にされるとは思っていなかった。また日本は勝つと信じていた。当時はすでに六月にミッドウェー海戦で日本海軍が惨敗し、敗戦のきざしが見えはじめていたが、一般国民には本当のことは知らされていなかった。

あれから五十一年たった今も、私は茫々たる武蔵野の朝を想い出す。そしてあのとき一緒に入校した同期の中の幾人かは、沖縄の海に「俺は特攻隊ではなく、戦って死にたいんだ」といいながら出撃させられた。

陸軍航空学校・少年飛行兵といえばきこえはいいが、私的制裁で暴力をふるう将校や下士官に訓練を受けていたのだ。入校する前は、軍人といえばみんな立派な、国のためには命を捧げる人だと思っていたが、現実は違っていた。比島（フィリピン）では特攻隊を軍刀を振って送り、「この冨永も最後の一機で敵艦に突込む」と言った司令官が、最後の一機で台湾へ逃げたという。

遠い少年の目に、消耗品となる第一歩をふみだしたあの武蔵野の朝、あかね雲のたなびいていた空をいまも忘れない。

厳しい訓練と規律のなか、少年飛行兵になろうと夢見ていた子どもたちは、まさか自分が、特攻隊として死んでいくなどとは、思いもよらなかったという。制雄さんが所属していた部隊とはべつの、万朶隊《ばんだたい》という部隊の少年たちについての記述があった。

万朶隊の隊員には鉾田《ほこた》を出発のときは、特攻隊、体当たり攻撃とは言わなかった。あくまで、「特殊任務」といっていた。それが内地を離れるようになってから、体当たりということが隊員にわかってきた。

「だまされた」

隊員たちの胸の中は煮えくり返った。

「卑怯です。体当たりなら体当たりだと、師団の幹部が、出発前に命令のときでもいうべきだ。そして、二、三日休暇をくれて、親兄弟にあわせてもらいたかった」

と不満をのべたという。

体当たり攻撃を、特殊任務などとぼかして、よいもののように扱う仕草は、いまの政治の雰囲気と重なるではないか。卑怯である、という点においても酷似している。

勝利の確信が持てない戦争。体当たりまでしても戦局にどれほどの影響があるのだろうか。考えると何とも暗い気持ちになる。日本が敗けるかもしれない。そしたらどうなるのだ。私の故郷をおもいだす。飯綱山・戸隠山・黒姫山・妙高山そして斑尾山。あのなつかしい北信五岳の山々はどうなるのだろう。そして村は、わが家は。やがて兄も弟も軍隊へとられるだろう。父と母はどうなるのだろう……。

わたしは、おじいちゃんが最後に思い描いていたふるさとの光景と、当時制雄さんが思い描いていたふるさとの光景が重なって、なんともいえない気持ちになった。
やがて戦禍は激しさを増し、東京は空襲でほとんどを失い、中小都市の軍需工場もねらわれはじめた。それは、制雄さんたちがいた兵舎も例外ではなかった。

一波の攻撃が終わる。ホッとするがすぐに二波の攻撃がはじまる。敵機の爆音が聞こえるが飛行機が見えないと思っていると、太陽の出ている方向から急降下してバリバリと撃ってくる。私たちは太陽の方向を見てもまぶしくて何も見えない。彼らはそれを巧みに利用しているのだ。
敵の飛行士の不敵な笑いが見えるほど低空で撃っては上昇してゆく。迎え撃つ者がないので、まるで彼らは演習と同じである。畜生！と思った。

そうしてついに、特攻隊としての運命が、制雄さんにも迫ってくる。

二月に入ったある日、「全員舎前に集合」の指示が出た。すわ、何事だろう――と思って私たちは集合した。二日ほど前だった。私たち空中勤務者だけ全員下士集会場へ集まったことがあった。そのときは特別に特攻隊の話があったわけではないが、隊長は戦局のきびしさを訴え、「航空隊は今や尽忠の誠を表わす時機が来た」と訓示した。いつどんな命令がでてもいいように、私たちの覚悟をうながしたものだろう。

連日のように、東京・大阪・名古屋などの大都市は爆撃されていった。「帝都上空でB29に体当たり」という防空戦隊の戦果の発表があったりした。帝国とか帝都というように、「帝」という言葉をさかんに使った。また沖縄へは敵機動部隊が迫ったと新聞が報じた。フィリピンでは死闘がくりかえされているという。私たちにも何かがあるだろうと思っていた。

区隊全員が集合して隊長を待った。浜松にいたときの隊長と違っている。小柄な少佐だった。腰には一尺ほどの短い軍刀をくっつけている。隊長は開

口一番、

「わが部隊からもいよいよ特攻隊を出すことになった。敵は小癪にも沖縄に迫っている。諸子の若い命が国を救うのだ。……後は中隊長の指示に従って行動をするように」

そう言って、コツコツと靴の音をさせて行ってしまった。

「ただいま隊長殿よりいわれたように、わが部隊で特攻隊を編成することになった。だが、特攻隊は志願である。強制や命令ではない。特攻隊を希望するかしないか、紙に書いてあすの朝までに提出せよ」

中隊長はそう言った。そして紙と封筒が各人に渡された。軍上層部では原則として特攻隊は志願だと言った。それは責任が天皇におよぶことを恐れたのだという。特攻隊員は愛国の至情に燃えて、勝手に体当たりした、という印象が必要なのだ。

私たちは、来たぞ、ついに来た。来るべきものがついにきたと思った。三男の私など一番先だろう。いくら強制ではない志願だといわれても、「希望しません」とは書けない。〝身は鴻毛《こうもう》よりも軽し〟という教育を受けていたのだ。国のために死ぬのが男子の本懐だと言われ、自分でもそう言ってきた。いまになって「希望しません」などと書けば、中隊長ににらまれ、軍人精神が入っとらん、たるんでいるということになる。

翌朝全員「希望します」と書いて提出したという。なかには「熱望します」と血書した者もいたと聞いた。

二、三日後に、特攻隊員の氏名が発表された。私はその中に入っていなかった。特攻隊になった者は直ちに陸軍伍長に任官した。そして休暇がでた。彼らはみんな平気な顔をして帰郷して行った。後二、三ヶ月の命と思えばたまらない気持ちだろうが、国に報いるのは今だ、大日本帝国のため国民のために、自分たちが死んでも父母兄弟が生きるために、と思って自分自身を納得させたのだろう。だが今回特攻隊に選ばれなかった私たちにも、この次は命令がでるかもしれない。「希望します」と書いたのだから。

四日ほど経って休暇から帰った彼らに聞いた。

「どうだった、父母に特攻隊だということを言ったのか」

「いや、やっぱり言えなかった。それとなく遠まわしに言ったが、今の戦況だからいつ死ぬかわからないとは思っているだろう。だが兄にはそっと告げて来た」と彼らはそう言った。

その後特攻隊員の彼らは新潟県の海で艦船攻撃の訓練をやり出撃を待ったが、出撃することはなかった。それは浜松からでた「富嶽特攻隊」が成功しなかったからだ。重爆は体当たりすれば敵艦に相当な痛手をあたえるが、体が大きいので敵機に発見されやすく、小回りがきかないので戦載機の餌食になってしまう。それでついに出撃する機会がなく敗戦になり、死なずにすんだのだと私は思う。

私たちも熊谷で八月十五日まで生きのびたのは、大型機の操縦士だったためだろう。富嶽隊が成功していれば、私の命もなかったと思っている。
本は、やがて終戦を迎え、ふるさとへと帰り着いた日の追憶で終わっていた。

　ああついにわが故郷に帰ったのだ。生きて帰ったのだ。道だけは薄ぼんやりと白い。この戦争で生きて家へ還れるとは考えてもみなかった。

　宇都宮飛行学校の生徒隊にいたとき、夜間演習の行軍のとき、いつも夢まぼろしの中で見た私たちの集落の入り口。西の山がそこだ。こんどはまぼろしではない。ほんものだ。ほんものの故郷へ帰ってきたのだ。

　そこを通り過ぎ家の近くにくると、用水堰のそばの家の物置の軒下に、堰下の人たちが水の番をしている。田に水を入れる五月下旬から落水の九月末まで、昼間はヒノを止めて歩いて水を引き、それでも足りないときは「もらい水」といって、堰先の人たちだけで、昼に引き続き夜も水を引くのだ。昔からこの時期になると私たちには見なれた姿だが、その人たちにすれば、大変に手間のかかる仕事だ。米を作って生きていくには水は本当に命の綱だ。食糧増産・米の供出を強いられて、老人や女衆までこうやって故郷を守り国のためと働き通したのに、いま私は戦さに敗けて帰って来たのだ。

家の庭には雑草が生えている。みると障子もだいぶ破れている。家の中は薄ぼんやりと明るいから誰も居ないことはないのだが、あばら屋のようだ。

「ただいま帰りました」

と言って台所の戸を開ける。そしてすぐ茶の間の障子を開けると、父も長兄も弟もいる。驚いて声も出ないのだ。やっと「おおーっ」とか「あァーっ」とかの声が聞え、そして「ああ帰ってきたか」と父はしみじみ言った。母は私の声を聞いて飛び起きてきた。体の具合が悪くて寝ていたらしかった。

長兄は召集で千葉県市川市の部隊に入隊したが、体を悪くして陸軍病院に入っていた。栄養失調らしかった。ろくなものを食べていなかったのだろう。

あまり体の丈夫ではなかった兄までも軍は狩り集めて、本土決戦に備えたのだろうか。歳のした弱兵は戦力にはならない。召集して病院へ入れておいても仕方があるまい。これでは戦争に勝てるわけがない。

長兄は九月末に病死した。復員して一ヶ月半である。栄養失調から余病がでたのだ。父は兄の名誉のためにも「戦病死」に認めてもらいたいというので、役場や県庁の関係者に連絡したが、軍隊で入院していたときの軍医の住所がわからない、という一言でかたずけられた。

母は八月に入って、広島と長崎に原爆が落ちソ連が参戦したという頃から、頭が重く体がだるくなって毎日床についていた。そして何をする気力もなく、お盆なのに庭の草刈りも、障子の張り替えをする元気もないといっていたというが、私が帰ってきてからはさいわいにも元気になった。

母にとって五人の男の子のうち三人まで軍隊にとられ、あとの二人の私の弟もすぐに兵隊にされてしまう。しかも私はいつ死ぬかわからない飛行機乗りだ。航空隊で休暇で帰った近くの人に聞いたら「特攻隊」にされる年代だと言われたという。

これで二人は帰ってきた。つぎは次兄だ。だが次兄は十九年の九月、台湾の澎湖島沖ですでに沈んでしまっていた。その報せが入ったのは、敗戦一ヵ月後の九月半ばだった。

畳の上に敷いたふとんの中で寝る。やはりこれが一番だ。軍隊の藁ぶとんに毛布はなじめない。おもいっきり手足を伸ばす。〈俺は生きて帰って来たのだ〉という実感が湧く。

帰った翌朝、私は早く目が覚めた。外へ出る。朝は涼しい。「国破れて山河あり……」の思いがおのずとわき出る。北信五岳はよく見えない。この故郷の上空を、五岳の上を一度飛んでみたかったと思う。

稲はもうすぐに穂を出すだろうが、あまり出来はよくない。肥料の配給もなく、若者を戦争で奪っておいて、食糧増産だ米の供出だといっても、政府の思い通りになるわけがない。

私は軍刀を持って出た。この軍刀は大原の母の実家で幾本もあった中から譲ってもらい、私が浜松にいた時に父が届けてくれたものだ。宇都宮の飛行学校を卒業した時の休暇に、軍刀の話をしたことがあった。それで父母は軍刀を用意してくれたのだった。古刀だったので研いでもらうのにだいぶ金がかかったらしいが、当時は金だけではだめで、米や大豆を要求されたようだ。だから私の軍刀は、家の者の汗と脂の結晶でもあった。

高幅の田の畔に桑の木に似た楮《こうぞ》の木が幾本もある。私はキラッと軍刀を抜いた。刀身は普通の軍刀よりも短い七〇センチだ。ふり上げてエイッと楮の木を切る。スパッとよく切れる。二本三本、楮の葉の露が体にかかる。冷たい。エイッエイッ、私は一気に幾本もの楮を切って切って切りまくった。過去の何もかもを断ち切るかのように。

東の山の峰が明るくなった。キラリと軍刀が光る。この軍刀は私が飛行機で不時着したときに必要としたかもしれない。あるいは私は軍刀と一緒に海へ沈んだかもしれなかった。

私は生きて還った。

文兄ちゃんのカメラで
メワーに出掛ける前にドロンコ道で
三九、二、一八

四〇 正月

三五年１月１日
うららかな月の潮
みんな元気で

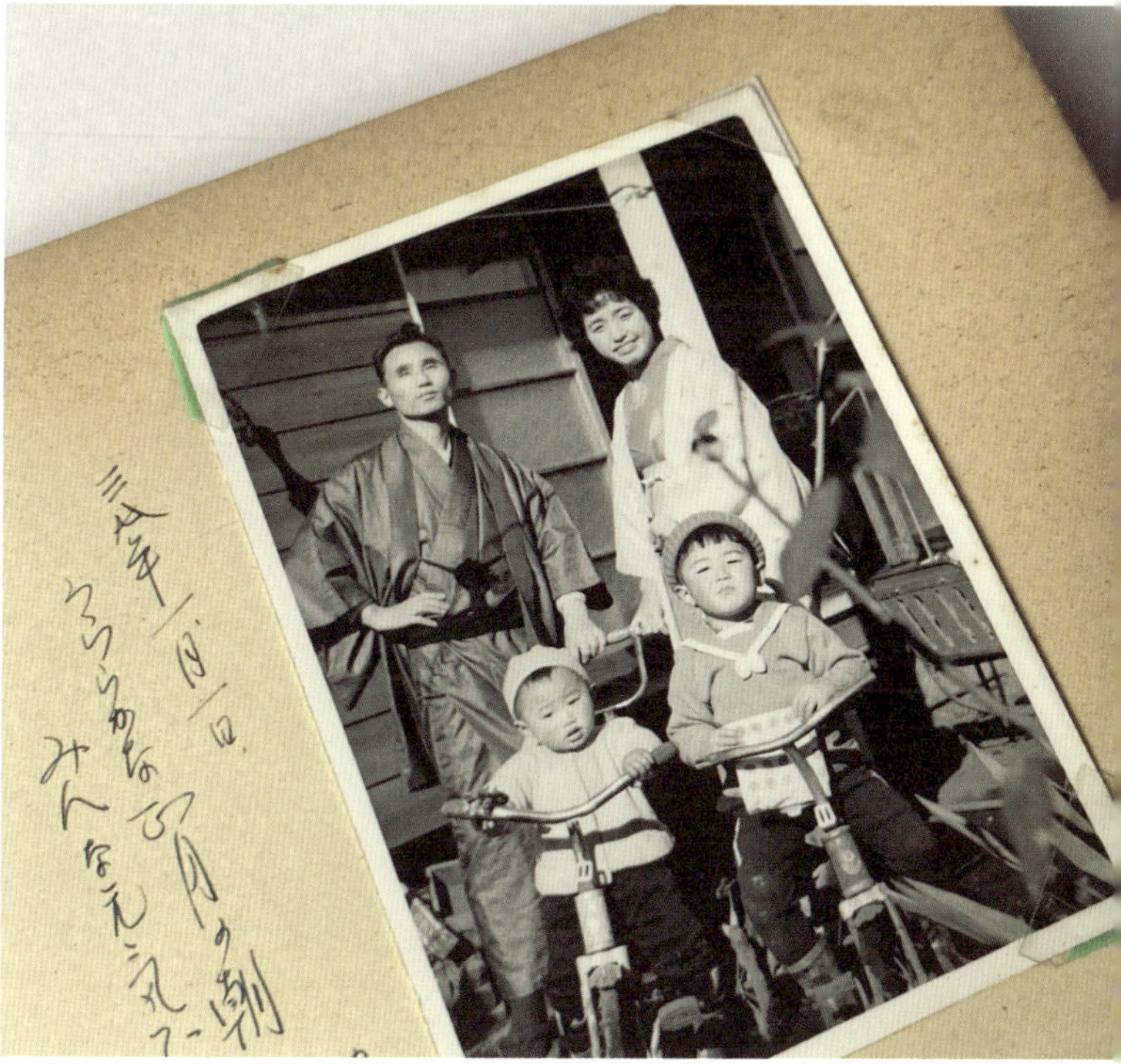

○

父がどこかに電話をかけている声で目が覚めた。どうやら会社が献花をしてくれるそうで、おじいちゃんの名前をたずねられているらしい。「尚雄の尚の字はですね、ええと、オバＱみたいなかたちで」と説明していて、わたしはなにそれと冷ややかに思いながら起床した。

お昼ごはんをみんなでたべたあとは、わたしひとりで市役所まで、おじいちゃんの死亡届を出しにいった。おじいちゃんの自転車にまたがって、えんえんと自転車を漕いでいると、また涙があふれてくる。おじいちゃんが、ついこのあいだまでだいじにしていた自転車。野菜やたまごの特売セールがあるたびに、いっしょにどこまでも走っていた自転車。めがねや帽子とおなじ、おじいちゃんの一部だったもの。かごのなかには、これからも使う予定であっただろう買い物用のビニール袋が、きれいに折りたたまれて入っていて、なおさら泣けた。これはおじいちゃんが折ったのだ。生きているあいだにしか折れないのだ。なんでもういないんだよう。なんでしんじゃったんだよう。

市役所についてから、わたしはどうしても死亡届を出すのがこわくて、意味もなく手作りショップを覗いて、クッキーや、くだものの置き物を買ったりした。ようやく勇気を振り絞って窓口へ向かう。「祖父の死亡届を出しにきたのですが」と言うと、はいこちらへ、という感じで淡々と対応され、わたしはまた泣きたくなった。理想を言えば、「お、おじいちゃんが亡くなったんですか、そんな、なんで、どうして」とうろたえて尻餅をついて泣いて暴れてほしかった。だがさすがのわたしも、そんなこと口に出しては言わない。

死亡届といっしょに、死亡の記載のない戸籍標本も記念として欲しかったのだが、なんやかんやで死亡届と同時にはもらえないらしく、あきらめて今日は、ふつうに戸籍標本だけをもらうことにした。しかし、「では身分証を」と言われ、そんなものが必要とはつゆほども思っていなかったわたしはパニックになり、脂汗が吹き出してきた。今日はキティちゃんの小銭入れだけで、まともな財布さえ持っていなかったのだ。不審そうな顔をしている受付のおじさんに、ではご家族の名前は、とたずねられても出てこず、尚雄、というおじいちゃんの名前も忘れ去り、とっさに出て来たのが「ええと、オバQみたいな字で」という言葉だった。まさか父の二の舞になるとは思わなかった。

すっかり消耗しながら帰宅し、ほとんど成果がなかったことを報告すると、みんな呆れていた。だめだなこいつ、という雰囲気が漂っている。しかも、あれだけ感傷に浸っていたにも関わらず、自転車はおばあちゃんのもので、カゴのなかのビニールを折ったのもおばあちゃんだった。いよいよ泣いた意味がない。

お通夜でのおじいちゃん展の写真も決まり、ダイソーでフレームを買って来て額装したり、気の利いたキャプションをつくったりと、おのおの忙しく夜まで過ごした。

わたしは、おじいちゃんについて書いた文章を、お通夜で配ったらすてきじゃないかと思いついて、父のパソコンを借りて取り組むことにした。

コロナ渦になってから、もともとなかった仕事がさらになくなり、ちゃんと文章を書くのなんて久しぶりだった。わたしの文章なんて、きっと意味がないとか思っちゃうけれど、気持ちを込めて書こう。おじいちゃんのためなのだ。


父は疲れたのか早々に寝入り、リビングには母と妹とわたしだけになっていた。せっかくなので、ワインでも飲もうかということになり、妹が冷蔵庫にあった白ワインをあけて、それぞれコップに注いでくれた。妹は麦茶を飲んでいた。わたしは引きつづき文章を書きながら、ちびちびとワインに口をつけていた。

すると、半分ほどワインを飲み終えた母が言った。

「あーあ。よかった。じじいがいなくなって」

いまにして思えば、連日大人数の料理を作り、気を張っていた母は、疲れていたのだと思う。ちょっと愚痴を言いたかったのだと思う。

だけど、この期に及んで、おじいちゃんをわるく言われるのは、わたしは許せなかった。こうしてひとり、おじいちゃんを思って、文章を書こうとしているわたしの気持ちさえ、踏みにじられたような気がしたし、それはいまだけじゃなくて、ずっとそうだったのだ。ずっとずっと母は、わたしから、おじいちゃんを思う気持ちを、取り上げ、遮断し、妨害しつづけてきたのだ。

「もうやめて。ママにこれ以上、おじいちゃんを汚されたくない」

そう口走ると同時に、さまざまな気持ちがあふれてくる。おじいちゃん。おじいちゃん。おじいちゃん。おじいちゃん。わたしのおじいちゃん。ずっと大好きだったおじいちゃん。だけどわたしは、母の兵隊で、気持ちを表すことは許されなかった。なのに、そんなわたしを、いつも心配してくれていた、おじいちゃんの顔。おじいちゃんの手。おじいちゃんのしわ。おじいちゃんの白い髪。もう二度と帰ってこないのだ。二度と、あのときはごめんねって言えないのだ。言いそびれたのだ。わたしは、謝ることが、とうとうできなかったのだ。

「なによ。あたしがわるいっていうの」

母はわたしを睨みつけて言った。「あたしはねえ、あのじじいに苦労させられてきたの。泣いてなんてやるもんか。こっちは介護までさせられてさ。たまったもんじゃないよ」。

たしかに母も、最後はがんばっていた。でも、わたしがくるまでは、ろくに手伝ってもいなかったじゃないか。父とおばあちゃんがふたりで、一生懸命、おじいちゃんを抱き起こそうとしていても、知らんぷりしていたじゃないか。

「もういい。あたし寝る」と母がリビングを去ったあと、わたしは妹の前でわんわん泣いた。泣いても泣いても止まらなかった。まるでおさないわたしが、大人になったいまのわたしの身体を使って泣いているみたいだった。

子どものころ、一生懸命、母の味方であろうとしていたわたしはなんだったのだろう。あんな人を、なにを必死に守ろうとしていたのだろう。すべて無駄だったじゃないか。敵は心配性のおじいちゃんでも、のんびり屋のおばあちゃんでも、父でもない。母だったのだ。

これ以上泣いたらみっともないと思う一方で、わたしはいいのだ、もっと泣いたらいい。おまえはやっと、声を発したのだ、とも感じていた。

だが妹にとっては、わたしは、ひどいことをした側なのだ。子ども時代を奪った側なのだ。にも関わらず、そんな妹が、うんうんとやさしく言いながら、わたしをなだめてくれているという現実も、わたしは情けなくて泣いた。泣いていることしかできなかった。


結局文章はほとんど書けず、母に対する怒りも消えないまま、わたしは眠ることにした。こんなに怒っているのに、今日も母のとなりで眠らなくてはいけない。妹が気を使って、「あたしがママたちの部屋でねようか」と言ってくれたけれど、身重の妹にそこまで負担をかけられない。

母は布団のまんなかで、大の字になって寝ていた。その脇で、父とクーがちいさくなって眠っている。枕も、父は子どもようかと思うほどちいさなものを使っているのに、母はどこかフランスのお姫様でも使っていそうな巨大なクッションを使っている。いったいどこで買ったのだろう。いまいましいにもほどがある。

わたしは母の手足が侵入しつつある布団に入り、できるだけ母と離れるため、タンスにひっつくようにして眠ることにした。しかしワインを飲んだせいか、母のいびきがいつもに増してうるさい。

「んがーーーーんがーーーーー、うぅ〜〜ん、んん〜〜ん……がーーーーー……んぷぅ、ぺぇ……がーーーーー」

向こう側で父とクーは寝苦しそうに、うう、とか言って呻いている。そろって悪夢でも見ているのだろう。

耳を塞いでも母のいびきは消えなかった。ほんきでぶっ叩いて起こそうかと思ったほどだ。

わたしは、それでもだんだんと迫ってきた眠気と、母のいびきとに挟まれながら、かつてない次元に足を踏み入れようとしていた。

　宇宙だ。

　わたしは宇宙にいた。青く発光する地上では、母が大の字になって眠っていて、カエルのように膨れ上がった腹を上下させながら、巨大ないびきを発している。

「あがーーーーあがーーーー、んん～～ん……がーーーーー……んぷぅ、ぺぇ～～、がーーーーー」

　わたしはさわさわと触手を伸ばしてくる宇宙の漆黒としずけさを背後に感じながら、地上の母を見下ろしていた。するとどこからか、母にたいする親しみのようなものが湧いてきた。

　わたしは、間違いなく、この人から生まれてきたのだ。この人からしか、生まれてくることはできなかったのだ。

　身体のなかに、おじいちゃんの存在を感じる。戦死したお兄さんたちの存在も感じる。しずかに、たしかに、機能する存在たちの鼓動を。

しかしわたしに、肉体を与えたのは、母なのだ。むごいけど事実だ。じゃあ感謝をしましょうとか、運命でしたとか、そういう話じゃない。肉体をもらってしまったのだ。生きているあいだは、この肉体がわたしなのだ。

「おまえの頭がおおきいせいで、股が裂けて大変だったんだよ」

いつか聞いた母の言葉が幻想のように淡くひびいてくる。

そしてだんだんと、おさないわたしの感覚が戻ってきた。かつて兵隊として、母という国家のもとで暗躍していたわたしのいのち。わたしの時間。わたしの人生。

考えるまでもない。わたしが、自分で、やったのだ。母のためなんかじゃない。なにでもない、消え入りそうなわたしの存在証明を、母を使って成し遂げようとしたに過ぎない。そうする必要が、子ども時代のわたしには、あったのだ。

もし、もう一度やり直せるとしたら、どうするだろうか。

わたしはやっぱり、たとえ未来で、時間を返せとか咽び泣くはめになることがわかっていたとしても、母の味方であろうとするのじゃないか。母をひとりにはしないんじゃないか。

「んがーーーーんがーーーーー、うぅ～～ん、んん～～ん……がーーーーーー……んぷぅ、ぺぇ～……ごがーーーーーー」

母がちいさく思えてくる。強大で、倒しようのなかった母の存在が、他愛もないものに感じられる。

わたしの存在は、母のいびきに絡め取られ、抵抗するすべもなく、地上へ吸い込まれていく。ただそうして、身を任せていればよかった。それだけでよかった。

そうやって、ゆっくりとしずかになっていく自分を感じながら、わたしは深い眠りについた。

○

市役所へまた行った。こんどこそ死亡届を出し、葬儀屋に提出する火葬許可証とやらをもらうためだ。「ゆうちゃんひとりじゃぜったいムリだから」と妹も着いてきてくれたのだが、出発して早々わたしが乗っていた自転車の空気が抜けた。見るとタイヤが、お相撲さんのおっぱいみたくつぶれている。「あ、待って」と言っても妹はぐんぐん先に進んでいき、あっという間に視界から消えてしまった。仕方なく交番で空気入れを借り、汗だくになって空気を入れる。スマホを見ると、家族のライングループに妹からメッセージが来ていた。

「ゆうちゃんが消えたんだけど」

慌てて電話をしようとしたら、スマホを地面に落っことして画面の端が割れた。わたしはどうして、やることなすことこんなに鈍臭いのだろう。

態度の悪い受付のおじさんにさくっと死亡届を出したあとは、火葬許可証を発行するまでに一時間ほどかかるというので、また手作りショップを見たりした。妹はそこで、障がい者の人たちがつくったというきれいな色のストールを買っていた。手持ちが足りないと言うのでわたしが二千円ほど貸したのだが、「ほんとに借りてだいじょうぶなの、すぐに返すからね」と心配されて、わたしってなんだろうと思ったりした。

無事に火葬許可証を受け取り、わたしと妹はなじみの弁当屋に寄って家に帰った。達成感のせいか、いつもの弁当がよりおいしく感じられ、「おいしいね」と言ってみんなでたべた。わたしと母はまだ前日のケンカを引きずっており、目を合わせようともしなかった。でもおなじテーブルのあっちとこっちで、おなじ魚フライをたべている。

おばあちゃんは、早速おじいちゃんの遺品整理をはじめていた。とにかくぜんぶ、どんどん捨てようとするのである。「だっていらないもん」。

わたしと妹は必死で引き止め、どうにか何点かは死守することができた。わたしは、おじいちゃんの洋服をいくつかもらうことにした。妹は、おじいちゃんがだいじにしていた、三味線ようの笛をもらっていた。三味線はどこにやったの、と、退職金を叩いて買ったという立派な三味線のゆくえをたずねると、「前にリサイクルショップで売った」「いくらになったの」「五千円」。

だいじにとってあった国鉄時代の貴重な帽子や道具なども、数年前にぱっと捨ててしまったらしい。おじいちゃんは潔い。あとになんにも残さなかったのだ。わたしは意地になって、何回か使ったという下着までもらった。犬の絵の描かれたパジャマももらった。

それらを見ていたらたまらない気持ちになって、泣きながら二階に駆け上がると、クーが、捨ててあったポテトチップスの袋に顔をつっこんだまま、身動きをとれなくなっていた。どうやら食べかすのにおいにつられて顔をつっこんだものの、視界が遮られて、動けなくなっていたらしい。クー、とさけんで袋を引き抜くと、クーはぼけっとしたまま、鼻先についたのりしおを舐めていた。もうすこし気づくのが遅れていたら、窒息していたかもしれない。ろくでもない死に方だ。

夜はあらためて、おじいちゃんについての文章に取り組んだ。途中何度も、母がおしっこに起きてきて、鬱陶しいかぎりだった。これも母が、無意識的に、わたしのおじいちゃんへの思いを妨害しているのだと思えてならない。負けるもんか、とわたしは貝のように身をかたくして、クーのにおいの染み付いたカーペットに正座し、ちょっとずつ、ちょっとずつ文章を完成させていった。

おじいちゃんのこと

九十二年にも及ぶ祖父の生涯を、未熟者のわたくしが、ごく短い文章に圧縮してつたえることは、到底むずかしいと思います。

ですが、わたくしは、ふうん、ただのおじいさんが九十二年も生きて、死んだんだね、などと、単純に彼の存在や死を捉えて欲しくないのです。もちろんわたくしも、よそ様のおじいさんが亡くなったと聞いても、そうですか、くらいにしか思いません。先日など、エリザベス女王の訃報が一面に載った新聞で、犬のおしっこを拭きました。

どんな偉大な人物の死も、他人の暮らしを、直接的に揺さぶることはできません。けれどわたくしは、それでも尚、自分のおじいちゃんだけは、特別で、かわいくて、愛おしい存在だったのだと信じ、ここに刻み込んでおかずにいられないのです。

祖父は昭和五年、長野の農家に生まれ、シャイではにかみやの青年に育ちました。しかし、末っ子だった祖父には居場所がなく、二十歳になってすぐ、愛するふるさとを離れなければなりませんでした。このときの、身を裂かれるようなかなしみが、祖父の人生における転機になったといいます。

都会へと向かう夜行列車のなかで、ボストンバッグを膝に抱えながら、若き祖父はひとり胸に誓いました。

こんな変化は、もうこりごりだ。

俺の人生は、平凡でいこう。ずっと平凡に、暮らしていこう。

そこには、戦死というかたちで亡くなった、ふたりのお兄さんへの思いもあったのかもしれません。

まだ青年だった祖父の誓いは、結果として、彼の生涯を貫く信条となりました。というより、祖父はそれ以外のことには、まったく興味がない様子でした。とにかく必要以上の変化を避けながら、一日一日を淡々としたリズムでこなしていく。余計な贅沢もしない。

祖父はおそろしいほど、己の誓いに対して実直でした。実直すぎて、臆病に見えるときさえありました。平凡さを求めるあまり、とにかく年がら年中あらゆる心配をし、不安に苛まれていたのです。孫の帰りが遅ければ、わるい想像をして眠れなくなってしまう。電話に出なければ、十回でも二十回でもかけてくる。

そして、やたらとせっかちでした。出かける一時間前には準備を終え、出発しようとしてしまうし、同行者にまで、おまえも早くしろお、なんて言い出すのです。

さらには、ものすごくシャイで、照れ屋でした。とくに、ありがとうとか、愛してるなんて言われるのは、苦手だった。はずかしくて、いてもたってもいられなくて、心が乱れてしまうから。

なんだか悪口大会のようになってしまいましたが、すべては祖父が取り決めた、例の誓いから離れないための、あるいは還るための儀式だったにちがいなく、わたくしはときに疎ましがりながらも、そういった祖父の繊細さや、不器用さを愛していました。

だって、うそがないから。

介護中の祖父は、意識が朦朧としているときもありました。そうなってさえ、彼は多くの心配を抱えていました。第一は、家族のこと。おい、つかれていないか。風呂に入ったか。みんな帰ってきたか。ちゃんと眠れているか。望まぬ延命措置などを施されることも心配していたようで、要介護認定の審査に来たお姉さんを、医師の手先かなにかと勘違いし、あれはなんだったんだ、と何度も怪しんでおりました。

そのくせ、死んでしまうこと自体は、ぜんぜん恐れていないのでした。ただ痛みや、余計な煩わしさが発生することだけを、猛烈に心配していたのです。せっかちさも健在でした。もうめんどくさいなあ、はやくおわりにしたいなあ、なんてしょっちゅう嘯いておりましたし、家族みんなでベッドを囲んでいると、そんなに見ていなくていい、とうんざりしたように、わたくしたちの感傷を押しやってしまうのでした。

最期は酸素吸入がやってくる直前に、さっさと逃げるように逝ってしまいました。

それは、みんなでラーメンをたべている最中、たまたまふたりの息子たちだけが側にいるという、祖父にとってはまさに絶好のタイミングでした。その瞬間、別室にいた祖母が、なぜか堰を切ったように泣きはじめたのは、なにかの報せだったのでしょうか。

息を引き取った祖父の顔は、とてもおだやかでした。なにも心配のない、なにも焦っていない祖父の顔を、わたくしは生まれてはじめて見ました。

このちいさな身体で、理想の人生を貫いたんだもんね。

たくさんの努力をして、心配もして、生きてきたんだもんね。

おじいちゃんの勝ちだね。

もうひとつ、紹介したいエピソードがあります。

亡くなってしまう前日、わたくしは祖父に、男性のパートナーを会わせました。すると祖父は、もう声を発するのもつらいはずなのに、細い腕を彼に向かって差し出して、いい人に出会えてよかった、孫をよろしくお願いします、と言ってくれたのです。

パートナーができたと報告したときも、真っ先に肯定してくれたのは祖父でした。

「いいんだよう、いまは自由なんだから、好きに生きたらいいんだよう」

どうしてあれだけ臆病で心配性でせっかちな昭和一桁世代の祖父が、こんなに寛容なんだろうとふしぎでしたが、いまにして思えば、祖父はいざというときに底力を発揮し、家族をまとめるために、淡々とした日々を守っていた、という側面もあったのかもしれません。

根底にあるのは、家族への深い愛情にちがいありません。それはもう、すごくすごく、わかりづらいんだけれど。

祖父は心配性で、せっかちで、シャイな困った人でした。けれど、必要なときには、溜め込んでいた力を使って、家族の窮地を救ってくれる、とてもおおきな器の人でした。

彼自身は、おれは立派じゃない、と口癖のように言い、あまり自信もない様子でしたが、わたくしは、祖父のことを、とても立派だったと思っています。だれもあなたのようにはなれない。

祖父を失ったことで、この世はまたひとつ、不幸になりました。いや、そうであってほしいと、おじいちゃんっ子のわたくしは、つい思ってしまうのであります。こんなこと言ったら、照れちゃうよね。

わたくしは、ほんとに、あなたが大好きでした。

裕一郎

○

いよいよお通夜だ。朝からみんなバタバタしていた。コストコに行ったり、足りていない靴下や肌着を買いにいったり。わたしは黙々と文章をプリントしていた。打ち間違えや脱字を見つけるたびにひいひい言いながら家とコンビニを往復して、できあがったのは出発の寸前だった。

コストコのピザをみんなでたべてから、クーラーをつよくしてあせあせとしたくをする。わたしは喪服はおろか、スーツさえ持っていないのだが、前日の夜にためしにおじいちゃんのを着てみたら、なんとぴったりだったのだ。わたしのほうがだいぶ身長はおおきかったのに、そのぶんおじいちゃんの脚が長かったのかもしれない。あるいは、もっと運命的な仕組みが働いて、わたしにそれを着させてくれたのかもしれない。ふしぎだふしぎだとおばあちゃんとふたりで言いながら身支度をすませると、長野から住職のみねしちゃんと、奥さんの晴美さん、そしておばあちゃんの妹であるつゆこおばちゃんがやってきた。おじいちゃんのおかげで、連日いろんな人に会えてたのしい。

テレビでは、ちょうど悪人の国葬の様子がながれていた。なんて立派な催しだろう。わたしは苛立ちで胸が騒いだが、父は「興味ないね」とすずしく言って、当たり前みたくテレビの電源を切っていた。

出棺はみんなで協力してやった。寝室から、和室をつっきって、車庫に停まった霊柩車へと運び出す。棺に入ったおじいちゃんは、いよいよもうおじいちゃんという感じがしなくなっていた。物体って感じだ。クーもおそるおそるにおいを嗅いでいたけれど、おじいちゃんだとは認識できていないようだった。そんなことよりわたしは、前日の夜におじいちゃんの顔をなんとか生前の印象に近づけたくて、どこがわるいのだろう、まぶたかしら、と触ってみたら、その部分がべこんと凹んでしまったのを気にしていた。しかし、だれもそのことには気づいていなかった。

おじいちゃん、行ってらっしゃいとみんなで見送って、葬儀場へ急ぐ。

葬儀場はちいさいけれどきれいなところで、家族葬にはぴったりという感じだった。仏壇の写真はなんとデジタルで、おじいちゃんの背景がみるみる変わっていく。でもわたしはなんだか、パソコンに退屈させて、スクリーンセーバーが出てきちゃってるときのような気がして落ち着かなかった。おまけに、おじいちゃんの遺影はひかりの影響で頭の輪郭があいまいになっていたのだが、葬儀場の人たちにトリミングを任せたら、妙にとんがった頭になってしまっていた。おじいちゃんはたまごじゃないんだからと思う。

みんなでちいさなテーブルを出して、準備してきた写真や小物、わたしの書いた文章をならべていく。「なんかたのしいね」と、学園祭の準備でもしているみたいだった。でもわたしは、まだ母にたいして怒っていた。

五時を過ぎると、だんだんと親戚があつまってきた。なかには、かつてわたしをボロボロに打ちのめした人物もいた。この人物のせいで、わたしは母方の親戚との関わりを避けていたのだ。

でもわたしは、すっかり白髪の増えて、恰幅がよくなったＤ（デビル）に笑顔で挨拶してしてやった。「おう」とそっけない返事のあとで、わたしの口を突いて出たのは、「会いたかったよ」という言葉だった。会いたかった覚えはないが、うそをついたつもりもない。ふしぎな気持ちだった。

デビルは「なにいってんだぁ」と言って、ばつがわるそうにわたしから目をそらした。けれど、わたしはなんだか、そんなデビルを愛おしく感じていた。そういえばおじいちゃんは、生前わたしとデビルの関係に、胸を痛めている様子だった。もうだいじょうぶだから、会いにいってあげなと、何度も言われたのを覚えている。あのだいじょうぶとは、デビルのわたしへの態度のことではなかったのかもしれない。わたしが、もうだいじょうぶになってるよ、ってことだったのかもしれない。これもおじいちゃんの采配だろうか。

すこし遅れて恋人もやってきた。恋人は、タイダイのシャツに蛍光オレンジのズボンというヒッピーのような服装で現れ、おばあちゃんは「喪服はあるの」と目を白黒させながらうろたえていた。「あるよ」と慌てて着替えさせる。

先日うちに来てくれた順次とのりちゃんも到着し、「裕一郎の彼氏を見るのがたのしみだ」と言ってくれた。だがわたしは、まだ恋人を、おじいちゃんの死に巻き込んでしまうことに戸惑っていた。喪服姿なんて、させたくもない気がしていた。

式が始まるまえ、みんなで談笑していると、会場のそばのろうかで、ピアノの演奏がはじまった。はじめ、わたしはそうと気づかなかったくらい、さりげなすぎるサービスだった。

ピアノを弾くって、もっと派手な行為じゃないのか。曲目は美空ひばりなどで、あっという間に演奏しおえると、じゃあ、と頭を下げて、斎場専門と思しきピアニストは去っていった。その姿にさえ、だれも注目していなかった。いったいなんだったのだろう。

そうしてこじんまりした、身内しかいないお通夜がはじまった。父、母の並びに、わたしと恋人がならんでいて、わたしは堂々と家族として扱ってもらえることがうれしかった。

お袈裟を身にまとったみねしちゃんはど迫力で、「合掌ください」と係りの人が言っているにも関わらず、母はうっかり「わー」とか言って拍手をしていた。妹に背後から「やだママ」と言われ、顔を真っ赤にしていた。ざまみろと思う。

サックス奏者でもあるみねしちゃんは、とくべつにサックスも披露してくれた。「おじさんにぴったりな曲だと思うので」とまず披露されたのは、「吾亦紅《われもこう》」という、見たことも聞いたこともない渋い歌謡曲だった。たしかにいい曲だが、やけに哀愁が漂っていて、場末のスナックにでもいるような気分になってきた。吾亦紅という言葉の響きが、どことなく尻を連想させるのも気になった。

あとでゆみおばちゃんのお母さんだけが、「わたしゃあの曲には感動しましたよ」と言っていた。たまたま知っていた曲だったらしい。ゆみおばちゃんは「どうせ一発屋の歌でしょう」と吐き捨てて話を終わらせていた。

尻の曲につづいて披露されたのは、童謡の「ふるさと」だった。おじいちゃんのふるさとへの思い、戦死したお兄さんたちへの思いが、曲とともに胸に広がってくる。そして、おじいちゃんは、そこに帰ったのだ、という気持ちになれた。

おじいちゃん、かわいい末っ子のおじいちゃん、よかったね。やっとみんなに会えたね。お兄さんたちの存在は、胸の奥にだいじにだいじにしまっていた、おじいちゃんの宝ものだったんだよね。

最後の曲は、アームストロングの「素晴らしき世界」だった。ぼんやりとただよいながらゆっくりと星空へと昇っていくようなメロディが、わたしはおじいちゃんらしい、と思った。まるでみねしちゃんのサックスを借りて、おじいちゃん自身が、世界を讃えているような気さえした。

お通夜では、おじいちゃんの法名（戒名のようなもの）も発表された。それは、「釈尚然」という名前だった。しゃくしょうねん、と読むらしい。

わたしは、然という字が、安らかだったおじいちゃんの最後の顔にぴったりだと思って、ひとり感激していた。みねしちゃん、どうしておじいちゃんのほんとの名前を知っているの。

式のあとは、みんなで会場で食事をした。長い机に、お寿司や天ぷら、妹の大好きな茶碗蒸しがずらりとならんでいる。ビールもお酒も景気良く並んでいる。わたしのとなりには、もちろん恋人がいる。

わたしは、なんだかすごくたのしかった。みんなも笑顔で、おいしいものをたべながら、気ままにおしゃべりしている。

ゆみおばちゃんのお姉さんや、みねしちゃん、式場の係のお姉さんとも、ビールを片手にどんどんしゃべった。わたしは例によってずっと、こういう場所が苦手で仕方がなかったはずなのに、この堂々たる気持ちはなんだろう。恋人のことを、「パートナーです」と紹介してまわる身にみなぎる、暴れだしたくなるような力はなんだろう。

それはここにいるぜ、という力なのかもしれない。だっておじいちゃんが、最後の力をふりしぼって肯定してくれた、わたしと、わたしの人生だもの。

もう、いじけてなんていられない。


食事がおわると、みんな順番に車で帰っていった。また明日ねと手を振って別れる。ほんとにまた明日も会えますようにと願う。

わたしと恋人は、寝ずの番として斎場に泊まることになっていた。

久々に恋人とふたりになった。わたしは、やっともとの自分になれたような気がして、うれしいうれしいうれしい、かわいいかわいいと、恋人に抱きついて頬ずりをした。マイノリティであるわたしたちが、こうして寝ずの番をしているという事実だけでも、うれしくて踊り出したくなるじゃないか。恋人は「やめて、調子に乗らないで」と怒りながらも、どこかまんざらでもない様子だった。

斎場のお風呂は快適だった。一般的な家庭用のバスタブなのに、最新式で、のびのび足を伸ばせるのだ。調子に乗ってのぼせるほど湯に浸かり、お風呂からあがったあと、間違えて関係者用のドアを開け、ちょうど退勤しようとしていた斎場の人たちと全裸で鉢合わせしてしまった。でもわたしはべつに気にしなかった。

そのまま大人しくパジャマに着替えて眠ろうと思ったのだが、どうも気持ちが落ち着かず、わたしは全裸のまま、わーいわーいと会場を走ってまわった。明日で焼かれてしまうおじいちゃんの身体とも、全裸のまま向き合う。

「おじいちゃん」と話しかけても答えない。ついでに、昨夜いじってしまったまぶたを元に戻そうとしたのだが、うまくいかなかった。まぶたがすこしめくれた際、ちらりとなにか綿のようなものが詰めてあるのが見えて、生きているときだったら、きっとぎょっとしただろうけれど、いまはなんとも思わなかった。肉体は、ほんとに、おじいちゃんの入れ物でしかなかったのだ。ここにもう、おじいちゃんはいないのだ。だってふるさとにいるのだから。

おつかれさま、おじいちゃんの身体、と思う。そして、この身体をさずけてくれた、会ったこともないおじいちゃんの両親や、親戚の人たちにも、ありがとう。いろいろあったけれど、おじいちゃんは立派に生ききって、しにました。

布団に入ると、わたしはおどろくべきはやさで眠りにつき、なにやら寝言まで言っていたらしい。それが気になって、恋人はなかなか寝付けなかったという。かわいそうだが、寝言でも言わなければ、おさまらないくらい興奮していたのだから仕方がない。

○

朝早く起床し、もう一度お風呂に入り、目をぱっちり覚ました。今日わたしは、弔辞を読むのだ。下痢にそなえてトイレに居座ろうかとも思ったが、世界にひとりみたいな気持ちになるのでやめた。

弔辞を読むことになったのは、みねしちゃんの計らいだった。おじいちゃんについて書いた文章を見て、「裕一郎くん、せっかくだからこれ、みんなの前で読んでみない」と言ってくれたのだ。

文章そのままだと、言葉にしたときにちょっと違和感があったりするので、どうせならまたべつのものを考えようと思い、わたしは喪服に着替えながら、スマホとにらめっこして、必死に内容を組み立てていった。

緊張のせいか、お葬式がはじまっても、わたしはこころここにあらずだった。なにも頭に入ってこず、こんなことなら引き受けなきゃよかったと思った。ただでさえ鈍臭いわたしなのだ。ちょっとでも気を緩めたら下痢になりそうで、必死に深呼吸をし、意識を集中させた。でも、やっぱりうんこ出そうで、恋人の耳に「さきっちょ出ちゃう」とささやいていやがられた。

いよいよ出番がやってきた。「では、裕一郎くん」と言われ、マイクの前に立つと、すっと緊張が身体から抜けていくのがわかった。だいじょうぶ。ここには知っている顔しかいないのだ。

わたしは息を深く吸い込み、その音をマイクが拾って、会場じゅうに心地よく広がっていくのを感じながら、がんばって暗記した弔辞を読みあげた。

「写真で見てわかるとおり、祖父はとてもシャイな人でした。そして暮らしに重きを置いて、淡々とそのリズムを守り抜いた生涯でした。

おれは立派じゃない、とよく口ぐせのように言っていましたが、男の人がつよくなれ、偉大になれ、と言われがちだった戦中戦後の日本で、頑としてちいさなものでありつづけた祖父は、かえって偉大であったのではないかと、わたくしはひそかに思っています。

わたくしは、男でも、女でもない、透明な性を持って生まれ、男性とみなされる身体で、男性パートナーと暮らしています。そればかりでなく、性格もおじいちゃんゆずりの神経症で、どこかに所属したり、人と協調しなくてはいけない場面全般が苦手です。みなさんのことも、大好きだけれど、どこか関わり合うことをさけていました。家族や親戚というつながりのなかに身を置くことに、どうしてもうしろめたさがあったのです。

そんなわたくしにとって、一カ月弱の介護期間は、かけがえのない瞬間の連続でした。はじめはおっかなびっくりだったけれど、家族のいいところをたくさん見て、励ましあって、ときにはハグなんかもして、ようやく祖父や、ほかの家族たちと、正面から関わり合うことができた気がしています。

亡くなってしまう前日、祖父は薄れつつあった意識を振り絞るようにして、わたくしのパートナーの手を握り、「孫をよろしくお願いします」と言ってくれました。こんなことを、性的少数者の孫に言えるおじいちゃんが、どれだけいるでしょうか。

わたくしは祖父が、わたくしの存在を通じ、多様性にあふれて仕方がない人生というものを、それらを内包した世界そのものを、肯定してくれたのだと信じています。

それから、昨日のお通夜を迎え、おいしいお寿司をたべながら、わたくしは気がつくと、みなさんのなかに自然に存在しているし、みなさんのことが大好きだし、こうして素直にそのことを表現できている自分に気がつきました。わたしは、祖父の生と死を通じて、はじめて一人前になれたのかもしれません。

こんなおおげさなことを言うと、祖父は照れて、さっととなりの部屋へ引っ込んでしまいそうですが、最後なのでいいことを言わせてもらいました。

おじいちゃん、ありがとう。

わたしは本当に、あなたのことが大好きです」

デビル以外のほぼ全員が泣いているのを見て、内心にやりと笑いながら席に戻ると、「ゆうちゃん、よかったよ」と、合気が真っ先に言ってくれてうれしかった。さっきまでの緊張はどこへやら、いままでに感じたことのない高揚感だった。

それからみねしちゃんが、「白骨の御文章」と呼ばれる、浄土真宗につたわるおはなしみたいなものを聞かせてくれた。人間の命というものは、儚いもので、朝には紅顔をたたえていたひとが、夜には白骨になることもある。無常の風が吹いてくるのは、今日かもしれないし、明日かもしれない。ふいにしんでしまういのちを生きているという事実は、だれにも覆しようがない。

そんなたよりないわたしたちが、それでも生きていくうえで、拠り所にすべきものはなんだろう、というようなことを問う内容だった。

じーんと感じ入っているわたしに、恋人が深刻そうに耳打ちをしてきた。

「無常の風だって。こわいね」。そんな感想でいいのかと思う。

みねしちゃんは、おばあちゃんのルーツでもある浄土真宗本願寺派についても教えてくれた。わたしの受け取り方なので、もしかしたら間違っているかもしれないが、親鸞が体現したように、ありのままの自分でいること、そしてありのままの自分を受け入れ、存在させてくれている阿弥陀様のおおきさを思い、広めていく、というのが、もっともだいじにしていることらしかった。「裕一郎くんの書いていることと、ちょっと似ているね」とみねしちゃんは言ってくれたけれど、じつは自分でもそう感じていた。阿弥陀様については、正直だれなのっていう感じだが、わたしがつくっていきたい人生の方向性や、あり方は、すごく浄土真宗っぽいかもしれない。

とにかくありのままでいる、ということがたいせつな浄土真宗は、とくに剃髪をしたり、禁欲をしなくてもよくて、滝行みたいなこともしないらしい。わたしは勢い余って出家したくなってきた。なんなら向いているとさえ思えてきた。

いよいよおじいちゃんを、火葬場に送り出すときがやってきた。献花の花をたくさん棺のなかに入れる。「最後なので、ぜひ手に触れて、あたためてあげてください」と係りの人に言われて、みんな涙ながらに、おじいちゃんの手をさすっていた。ふと見ると、母がオエオエ言いながら泣いていた。だれよりも激しい泣き方だった。そんななか、わたしはひとり、すっきりとしかいいようのない気分につつまれていた。

黒い着物を身にまとったおばあちゃんが、棺をだいじそうに腕にくるんで、「じゃあね、お父さん」と言った。その姿のうつくしさに、みんなますます泣いていた。恋人も泣いていた。

でもわたしは、やっぱり涙が出なかった。それどころか、おおごえをあげて、どこまでも駆けていきたい気分だった。

身体じゅうがあつい。まるでたったいまおじいちゃんから、生まれなおしてきたみたいに。

式がおわると、となり町の火葬場まで車で向かい、おじいちゃんの肉体が消え去ってしまう瞬間に立ち会った。いつも思うけど、火葬場のオートマチックさ、無機質さは、葬儀から感傷を拭い去るような迫力がある。

あっさりとおじいちゃんの身体が燃やされはじめたころ、わたしたちは精進落としの部屋に移動した。人の身体を焼いているあいだに飯を食うって、すごいひまのつぶしかただと思うけれど、そういう違和感を感じさせないよう空間のすべてが作られている。そこにはやっぱり、独特の迫力があった。

精進落としの御前はとてもおいしかった。みんなでおいしいおいしいと言いながらたべた。生前におじいちゃんが、こういうときは気前よくしてほしい、と言っていたとおり、前日につづきとても豪華な内容だった。もちろん茶碗蒸しもある。合気はおひついっぱいに盛られたごはんをほとんど完食し、わたしは恋人が余らせた刺身までたいらげた。自分でも、こんなときに魚のしんだのなんてよく食えるよなと思う。でもうまいのだ。

おじいちゃんの骨はとてもきれいだった。ほとんど虫歯をしたことのない、入れ歯もつかったことのない頑丈な歯がそのまま残っていた。みんなで感心しながら、すこしずつ骨壷におさめていく。だが、わたしはふいに、おじいちゃんの肉体が消失したというショックが襲ってきて、ここへきて下痢になってしまった。あたたかい便座のうえでひとりまるくなりながら、ほんとにあれがおじいちゃんなのだろうか、と思う。げっぷも出た。天ぷらのにおいがした。

手をかざし　流れるうんこ　遠のく未来

家に戻ってから、みねしちゃんがあらためてお経を読んでくれた。そのとき、ふしぎなことがあった。おおきめのハエが、みねしちゃんの肩のところで止まって、うごかないのだ。あっちいけと思っていると、ハエはブーンとちいさな音を立てて父のもとへ行き、しばらくじっとしてから、母のところへ行った。かと思うと、つぎにとしおじちゃんのところへ行き、つづけてゆみおばちゃんの肩にとまった。そして、挨拶をするように頭上をぐるっと旋回すると、すっと和室を去っていった。虫には精霊のような性格があると、わたしはつねづね思っているのだが、それを実感する出来事だった。

すべての儀式をおわると、らくちんな服に着替えて、恋人とクーの散歩をした。恋人は、犬の散歩をするのは人生で二度目だったらしく、おれクーの散歩するのが夢だったんだ、とはしゃいでいた。なんてちいさな夢だろうか。一日じゅう留守番をしていたクーもうれしそうに、広場のうえを走り回っていた。だが恋人はうんこを拾う度胸まではなかったようで、「てめえがやって」とわたしに拾わせていた。ビニールごしにふれたクーのうんこは小鳥みたくあたたかかった。

散歩をおえてからは、ばたばたと支度をして、夕飯もたべずに東京へ帰った。去り際に、おばあちゃんが、「ゆうくんがいないと、さみしくなるよ」と言ってくれて、わたしは胸がつぶれそうだった。週末に友人たちとフリーマーケットに出る約束をしていたので、どうしても帰らなくてはいけなかったのだ。

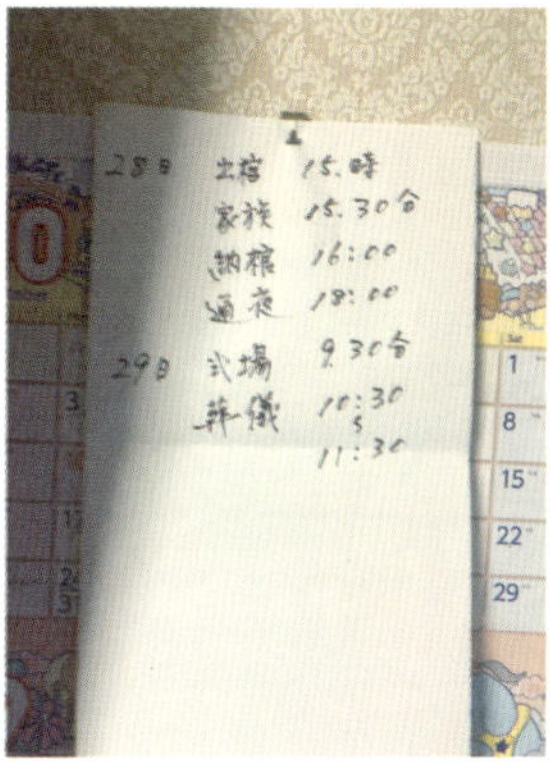
28日 出棺 15.時
家族 15.30合
納棺 16:00
通夜 18:00
29日 式場 9.30合
葬儀 10:30 〜 11:30

このせーラー
ムーンはつき
のばなにル
ナがいます。
せーラムーン

一時間ほど電車に揺られ、久々に東京へ帰ってきた。ほんとにあったんだ、この町、とへんな感慨につつまれる。

サイゼリヤに入った。なじみぶかい椅子に座り、ワインをひとくち飲んだら、わっとこの一カ月の出来事が思い出された。わたしはよくがんばった。ほんとによくやりきったと思う。まさか一カ月前、恋人とケンカしたときには、こんな未来が、ほんのすこし先で待っているとは思わなかった。恋人も、「悔いがなくてよかったね」と言ってくれた。

アパートに帰り、電気をつけると、いつもどおりの部屋が広がっていた。あちこちぎゅうぎゅうに、ふたりであつめたおもちゃが並べられている。

とりあえずコーヒーでも飲もうかと、恋人をベッドに座らせて、お湯を沸かそうとしているときだった。ふと恋人を見ると、恋人はひとり、泣いているのだった。かなしそうに、かなしそうに、泣いているのだった。

わたしはポットをキッチンに放り出して、どうしたの、と恋人のそばに駆け寄った。

「ごめん。どうしてもママのことを思い出して、きついんだ」

恋人はそう言って、溜め込んでいた涙をすべて出し切ろうとするみたく泣いていた。わたしは一カ月も恋人をひとりきりにさせたあげく、ちっともこころに寄り添えないでいた自分にくやしさを感じながら、いっしょになって泣いた。「ちー、思い出しちゃうよね。かなしいよね。ごめんね、ごめんね、ちー」。

だけどわたしは、力強い口調で、こう口走っていた。

「でもちー、礼さんは、かわいそうな人なんかじゃない。とってもしあわせな一生をおくった人なんだよ。だって、こんなにかわいいちーを産んだんだもん。育てたんだもん。悔いなんてなかったはずだよ。やりきったって思ってるはずだよ。すごいじゃん。すごいママじゃん」

涙のむこうで、壁にかざられた礼さんの写真がかがやいて見える。

礼さん、あなたの宝ものを、わたしはいま、しかと胸に抱きしめています。相変わらずこの人は、あなたのもとにあったときとおなじ、シャイで不器用で泣き虫です。でもやさしく育ちました。あなたが見ていた彼よりも、もっとすてきになっていきます。

見てるよね。聞こえているよね。礼さん、礼さん。

ありがとう。

○

アラームが鳴った。すのこの割れたイケアのベッドで、恋人がとなりに眠っている。いつもの日常に帰ってきたのだ。

朝ごはんは恋人がつくってくれた。フライパンにトマトや、まいたけ、ソーセージに、たまご、アスパラなどをならべて、じゅくじゅくになるまで焼いたもの。それらを、べろっと剥がしてトーストに乗せてたべるのだ。

「アスパラたべなよ」「たべたよ」「もう一本たべなよ」「すじが残ってるからいや」。

フリーマーケットは盛況だった。わたしたちは部屋にあるおもちゃのうち、だいじにしきれないものを袋いっぱいに抱えて持っていった。異常な量だった。「こんなに持てないよ」とべそをかく恋人を一喝して、わたしが大半の荷物をえっちらほっちらと運ぶ。影がポパイみたく膨らんでいた。

夕方には、近所に住む小学生のめいちゃんとたびちゃんも来てくれた。

めいちゃんは、うちで買ったくまのぬいぐるみに、「サンリオパワーパフガールズとっとこハム太郎セーラームーンアヤちゃん」という名前をつけてくれた。好きなものをぜんぶ詰め込んだらしい。

めいちゃんは、わたしのことを親友だと思ってくれているし、わたしもそう思っている。一方でたびちゃんは、恋人と波長が合うらしく、ふたりでバカボンのパパのぬいぐるみをつかって、擬音だけの会話をしていた。わたしとめいちゃんとはまたちがう、野生の友情って感じがする。

おじいちゃんのことも、みんなお悔やみを言ってくれた。でもやっぱり、おじいちゃんがしんだんだね、という以上のかなしみや共感をそこに見出すことはできなかった。おじいちゃんはしぬものなのだ。しんでしまうことの確定しているキャラクターなのだ。すくなくともわたしはそういう感じがしたし、逆でもそれ以上の反応は見せられなかっただろうと思う。

予定していた終了時間になって、一日じゅうせわしなく接客をしていたモニョちゃんが、すすすと寄ってきた。なにかと思ったら、「わたしも、このあいだおじいちゃんを亡くしたばかりで」と言う。

わたしはえーそうなの、と言いながら、やっと仲間を見つけたような気持ちになっていた。けれど、現金なもので、モニョちゃんのおじいちゃんのために、泣いてあげたりはできなかった。やっぱりおじいちゃんがしんだんだね、ってふうにしか思えない。モニョちゃんもそうだろう。でも、そういう痛みについて、吐露しあえてよかった。わたしたちがうしなったのはおじいちゃんだけど、おじいちゃんじゃない。そんな簡単じゃない。そういう気持ち。

夜になるまでみんなといて、ビールなんて飲んでいたら、すっかりふるさとのことなんて忘れてしまった。ひょっとして、ぜんぶ夢だったのだろうか。

胸に手を当てると、まだおじいちゃんがくれたほのおが息づいていた。そのあつさを感じられる。

おじいちゃんはしんでしまった。いまごろたましいとでもいうべきものになって、極楽浄土にいるのかもしれない。けれどいまも、こうしてここで、存在を機能させつづけている。

わたしも、いつかしぬ。恋人もしぬ。おたがい、いつ消え去るかもわからないほのおを生きている。これって、ぜんぜんだいじょうぶじゃない事実だ。以前のわたしは、ちょっと考えるだけでも、おそろしくてたまらなくなり、このしあわせは、ほんの一瞬後にはなくなってしまうと思えてならなかった。

おまけにわたしたちは、結婚もできないし、ロールモデルさえも存在しないのだ。どう進んでいったらよいのかわからない。わからないから、こわかった。

しかしおじいちゃんという変わり者の大往生を見届けたいま、ようやく自分たちが老いていく姿を、なんとなくだけど想像できるようになった。不安や心配は相変わらずあるけれど、すくなくとも九十二歳くらいまでは、ゆうゆうと生きてしまえるんじゃないか。

それどころか、わたしは、このさい銀河の終了まで生きていたい、と思うようになっていた。そして恋人が、愛おしい人たちが、この宇宙にとってなにであったのかを知ってからしにたい。気が向いたらまたどこかで、いのちをはじめたりしたい。

感慨ぶかい気持ちのまま、打ち上げがてらいきつけの中華料理屋に入ったら、ろくでもない酔っ払いの男に片言で「ころす、ころす」と凄まれ、恐怖のあまりラーメンを残して逃走。

ほのお消えさる。

翌週、手続きや資料あつめの手伝いのため、またふるさとへ帰った。帰ったその足で市役所へ行き、書類が発行されるまでのあいだ、屋上にある展望室に登ってみた。

展望室は、空調もなく、太陽光で蒸し焼き状態だったが、街の様子がぱっと一望できて、思いのほかひらけた景色に、おっと声が出た。

以前妹が、「地元を出てからはじめて、鉄塔がふるさとの景色だったんだって知った」と言っていたけれど、たしかにこの、空を牛耳るようにしてそびえ立ついくつもの鉄塔の群れは、ふるさとでしか見られないものかもしれない。そのしたに広がるのは、あまたの工場や、米軍施設、パチンコ、国道、タワーマンション。まるでいやな虫が食いつぶしたみたいに、かつて豊かだった自然の面影はなくなり、夕暮れどきにすべき顔も見られない。特産品も名物もない。おまけに、なにやら猟奇的でゆがんだ事件ばかり起こる。

だがそんな景色のすべてを、丹沢の山系が、まるで抱きこむようにして広がっていた。そのおおらかさ、雄大さを、なんと言い表せばよいだろう。

ふるさとは、だいじなものを、失ってなんかいなかったのかもしれない。おおきな工場や、国や、人々に、あるだけのものを、なんでも譲ってきた、お人好しの大地なのだ。水を汚され、緑を剥ぎ取られ、排気ガスまみれにされても。そうしてここで生きようとする人たちを、まるごと受け入れてきた。そのなかに、わたしもいる。わたしの存在も、たえずふるさとに抱き入れられ、許されてきたのだ。

わたしはようやくそう気がついて、さんざんけなしてきたふるさとの大地に、はじめて報いたい気持ちになった。愛したい気持ちになった。

同時にわたしは、はじめてほんとの意味で、ここに帰ってきた、という感慨を抱いていた。ここっていうのは、ふるさとそのものであり、このふるさとにおいて、かつてなにでもなかったわたし自身の姿だ。最強だったわたしの姿だ。

胸に手を当てる。ほのおがちいさく、だけどたしかに燃えている。

わたしは最高。
だからあなたも最高。

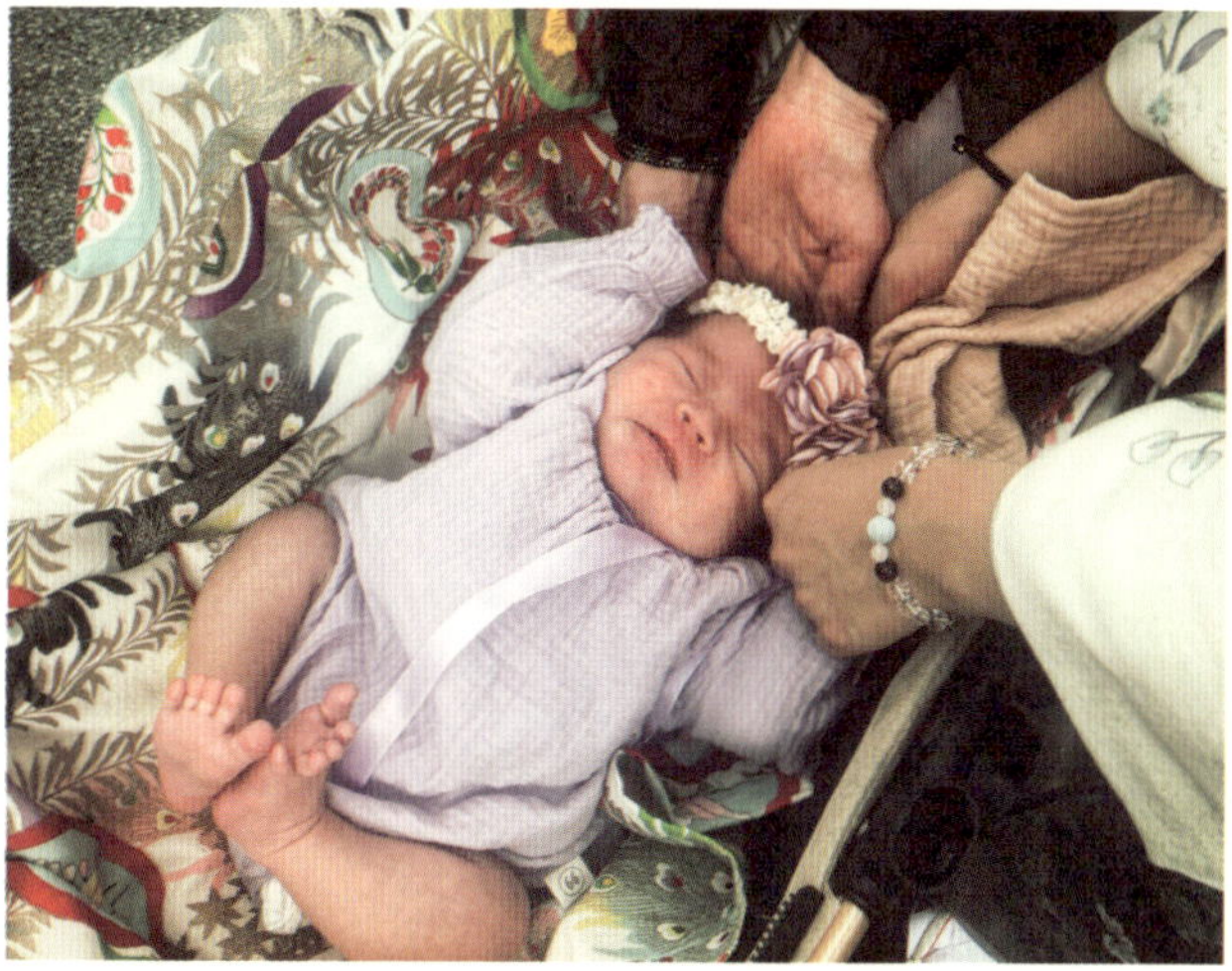

あとがき

おじいちゃんがいなくなって、もうすぐ二年が経とうとしている。

あれから我が家は、おじいちゃんが抜けた穴の分だけ変化しつつある。全体的に、みんな自由になった。おじいちゃんが作り出していた鉄則ともいうべき生活のリズムから解放されて、夕飯のあと平気で十時ぐらいまでしゃべりながら、すっかり出がらしになったお茶を飲んだりしている。いままではおじいちゃんのお風呂に合わせて六時半きっかりに夕飯をはじめ、七時半きっかりに食器を片付けていたのにだ。

クーの散歩は父が朝夕こなし、母はますますいばって過ごしている。なにやら町内でも権力を得ているらしく、「あたしに逆らうんじゃないよ」と、おだやかでないことをしょっちゅう口走っている。

妹は合気とふたり、ワイルドに暮らしている。先日などは、合気が手でイノシシを仕留めようとして、誤って何針も縫うような怪我をしていた。映画みたいな世界だ。

おばあちゃんの耳はますます遠くなったが、遠くなればなるほど、どんどん最強の人になりつつある。だれにもせっつかれたり、怒られたりしないで、毎日好きなことを好きなだけできるのだ。おばあちゃん、そろそろ眠りなよと言っても聞かない。聞こえていない。いつまでも風呂上がりの格好のまま、長野から届いた芍薬の世話なんてしている。としおじちゃんとゆみおばちゃんも元気だ。たまにうちに来るときは、いつもおいしいケーキを持ってきてくれる。

わたしは三十四歳になった。相変わらず恋人と暮らしている。変わったことといえば、去年鬱になってしまったことだ。鬱という字は密度が濃くて、混濁している脳の状態そのものに思える。目を細めて見ると、そこだけ果てしのない暗黒の穴みたい。

わたしはその暗黒の穴へ、すっぽり落ちてしまった。

しばらくはなにもできず、文章も書けない日々に突入した。せっかく単行本を書き下ろしましょうという話になっていたのに、身体が動かないのだ。無理にやろうとすると、わーっと声をあげて身をよじってしまう。どうせわたしの書いたものなんて、ろくに読まれやしないのだ。こんな思いをして書いたって損するだけだ。

親友のなまにあそびにいこうと誘われても、なにも答えられなくなった。小田原にいって、みんなでのんびり海でも見ようというだけの予定さえ、わたしには押しつぶされそうなほど、責任重大な仕事に思えた。ラインきてる。電話もきてる。でも出られない。

なま、会いたいよう。でも会えないんだよう。

こわいよう。みんながこわいよう。

追い詰められたわたしは、いっさいの刺激を受け付けなくなり、ニュースはおろか、恋人がなにげなく再生したワンピースの実写版さえも見れなくなった。ただ布団に横たわっているしかできない。そのあいだも絶えず、暴走した脳に攻撃されつづけている。

しかも、ようやく眠気がやってきたかと思うと、おじいちゃんが、最期に息を吸い込んだ瞬間の、あの顔を思い出して、眠れなくなるのだ。

そこでようやくわたしは、おじいちゃんの死に立ちあってしまったことのダメージを自覚した。安らかだったからといって、衝撃がなかったはずがないのだ。

恋人は、ずっと礼さんの最期を見られなかったことを悔いていて、わたしは埋めようのない彼のかなしみを前に立ちすくむばかりだったのだが、いまはかえってそれでよかったのかもしれない、と思うようになった。きっと恋人のやわらかなこころでは、耐えられなかったにちがいない。礼さんも、そんな姿を、彼には見せたくなかっただろう。

わかんないけど。

年が明けると、鬱も落ち着きだし、なまともあそんだりできるようになった。

だが仕事だけはできない。中古で買ったパソコンがよくないのかもしれないと思い、恋人にマーキングをしてもらうみたいに、たくさんシールを貼ってもらった。恋人は「おれってセンスいい」と得意顔だったけれど、わたしはその、やたらと派手になったパソコンを持て余すばかりだった。脳がコチコチになっていて、手を動かしても文章が出てこないのだ。

これにはこまった。こまったわたしは、なにも、パソコンさえも持たないで、ふるさとへ帰ることにした。おじいちゃんの自転車に乗って、あちこちを走り回ったりしながら、ただ飯をくらって過ごす。仕事のことも、鬱であるという現実も、すべてが遠ざかっていくようだった。

そんなある日、いつもどおり街を旋回中、あろうことかおじいちゃんの自転車が盗まれてしまった。鍵もかけずにスーパーでうんこをしていた、ほんの数分足らずの出来事だった。

どん底だった。おじいちゃんが生きていた痕跡を、自分で消滅させてしまったのだ。存在の機能がどうたら言っていられない。しんだおじいちゃんの愛車が、わたしの不注意でなくなったという事実だ。

絶望。そして怒りが湧いてきた。ちくしょう、うちのおじいちゃんのチャリをパクったのはだれなんだよ。ガキか。じじいか。ふざけんな。ぶっとばしてやる。

怒りでギンギンになった頭から、鬱のしめっぽさが抜けていくのがわかった。いまにして思うと、このときの怒りが、わたしの作家としての意識を起動させたのかもしれない。

しかし、怒りの最中ではそんなことには気づけず、わたしはすっかりまいってしまい、年甲斐もなく父に泣きついたりした。

「文章はかけないし、おじいちゃんの自転車はなくすし、もうどうしたらいいのかわからないよう」父はにやにや笑いながら「だいじょうぶだ」と言うので、「なんでだいじょうぶだと思うの」とたずねると、「どうせ書けるようにできてるんだから、だいじょうぶだ」と繰り返した。そういえば恋人も、「どうせ最後にはできるんだから、だいじょうぶでしょ」とか言うのだ。そのたびにわたしはかえって焦る。

そのうえ、万が一書けたところで、だれも読んでなんてくれないし、戦争だって止められそうにない。むしろ、わたしが書けば書くほど、世界はますます最悪になっている。ありとあらゆる差別が蔓延し、戦争も虐殺もはじまってしまった。やっぱりぜんぶわたしのせいなんじゃないか。

「そんなことはない」と父は言う。「じゃあパパ、びんぼうでも、マイノリティでも、こうやって書いているうちを、どう思う、誇りに思ってくれる」と聞くと、父はただ、微笑んでわたしを見ていた。力強い笑顔だった。

そうしてわたしは書きはじめた。ところがこんどは、書きたいことが多すぎて、まとまらない。すこし書けたと思っても、完成までは果てしない。十万字くらい書かなくてはいけないのだ。十万。いままでわたしは、本をつくるとき、連載をさせてもらって、だいたい一年くらいかけて書いたものをまとめていた。それをこんどは、一気にやらなくてはいけない。鬱のわたしがだ。まるで編み物で富士山を覆ってくださいとでもいわれているような気分だった。途方も無い。

孤独な作業だった。なまにさみしいよ、ひとりぼっちだよと言うと、「さみしいよね。でもあんた、ほんとはひとりじゃないと思うよ」と、みんなで新宿であそんでいる写真を送ってきてくれた。「みんなあんたの心配してる。みんなあんたが大好きなのよ」。せっかくいい言葉なのに、いじけているわたしには信じられない。

そのうち、ますます書くことがくるしくなり、恋人にさんざん絡んでは、「巻き込まないで」と怒られた。ならばと、甘えさせてくれる人を探しもとめたりもした。けれど、あるときふと、これは自分ひとりでやらなくてはいけないのだ、と悟った瞬間があった。だれもうちのおじいちゃんのことなんて書いてくれない。わたしがやるしかないのだ。

本書は二〇二二年の九月初頭から下旬までの、だいたい一カ月くらいの日記をもとに、エッセイとして書き起こしたものである。久々に読み返すと、すっかり忘れていたようなこともあって、二年前の自分を、まるで別人のように感じた。なかには、いまのしにたくてたまらない自分が、二年前の自分にぶったたかれているみたいな箇所もあり、そうか、しんでもむだなのか。わたしの存在はつづくのかと唸ったりした。すごいなあ、二年前の自分と思うし、負けるもんかとも思う。地道にコツコツと書き続つづけ、六月の一日に、とうとうすべての文章を書き上げた。

感想はいろいろあるだろうが、この本を通じてわたしが描きたかったことは、結局存在についてなのだと思う。存在について。ちいさいけどおおきくて、おおきいけどちいさい、わたしたちのいのちについて。たった三十四歳のわたしに、そこまで立派なことが書けたとは思えない。だけど、もしちょっとでも、わたしは、わたしたちはすごいのだと感じてもらえたのなら、これ以上にしあわせなことはない。
時間はどんどん流れていく。おじいちゃんがいなくなったことに、みんなすっかり慣れてしまったし、二年前に銀河の終了まで生きようとしていたわたしが、またしにたくなったり、それをこうして白状したりすることもある。

けれどけっして、過去の言葉はうそにならない。あるいは、うそかほんとかなんて関係ないのかもしれない。ただ、そう思っていた瞬間を切り取って保存してみた、というだけのことだ。エッセイとは、わたしとはそういうものだし、それでよいのだ。

おそらく、わたしの本は、おおぜいの人には読んでもらえないだろう。取るに足らないエッセイとして、社会の片隅で消費されておわるのだ。差別も戦争も虐殺も止められない。

それでも、存在はつづくのだ。きっと思いもよらないかたちで、わたしの文章も、どこかで機能しつづける。そんな予感がしている。

さて最後に、わたしはこの本を書いてきた、もうひとつの目的を果たそうと思う。十年この仕事をつづけてきた自分への、ごく私的なごほうびなので、読後感のようなものをだいじにしたい方は、読んでくださらなくても構わない。

まあ読んでもいいかというやさしい方が、もしいらっしゃるとすれば、しばしお付き合い願いたい。

港区にセーラームーンのマンホールが設置されたという。このところ鬱で、書くか寝るかしかしていなかったわたしは、久々に太陽をあびたい気持ちになって、とことこ電車に乗り麻布十番を目指した。

配布されていたマップのとおり、駅前にまず、セーラームーンとタキシード仮面のマンホールがあった。発色もきれいでいい感じだ。残りの四つもぜんぶ見ようかと思ったのだが、ひとつ見たら結構まんぞくしてしまい、目的のないただの散歩がしたくなって、わたしはビールを買って芝公園を目指すことにした。

整備された一の橋公園を抜けて、赤羽橋の手前にあるカレー屋でカレーセットをたべる。ここのバターチキンカレーはうまい。食後はファミマでコーラとグミを買い、まっすぐな首都高沿いの道を歩いていった。そして急に景色が開けたと思ったら、東京タワーがおおきく見える。東京でいちばん好きな景色だ。

芝公園に着くと、わたしは芝生に寝転んだ。ちびちびとコーラを飲んで、満腹感につつまれるなどしていると、すぐそばに腰掛けていたカップルが、カメムシがひざに登ってきたとかどうので大騒ぎしだした。ならこんなとこくんなと思う。

腹が立ったので起き上がり、トイレでおしっこをしてから、さらに芝公園の脇を直進し、いくつもの通りを渡る。やがて、線路のしたに作られたちいさなトンネルにぶつかる。このあやしげな、べつの次元とつながっていそうなトンネルを、わたしはなるべく息をしないようにしながら進んでいく。

薄暗い首都高やモノレールの高架下をくぐりぬけると、ぱっと海を見渡せるデッキに着いた。右手にはレインボーブリッジがそびえていて、そのうえを車がアリみたく往来している。

わがままも言わず列になっていて、車ってすごい。グミをたべる。一個たべたら止まらなくなって、ぜんぶくう。するとそのうちのひとつが手元から転がり落ちてしまった。わたしはころころと転がっていくグミを拾い上げて、捨てるかどうかまよってから、まあいいかと口へ運んだ。グミはうまい。宇宙広しといえど、こんなキュートなものがあるのは地球だけだろう。

夕暮れが迫ってきていた。背後の摩天楼がいろっぽくひかりはじめている。

ふと見ると、いつのまにかデッキのうえに、ひとりの女の子が立っていた。どこか物悲しげな目をしながら、金色の長いツインテールを、荒々しい海の風にあずけている。あれ、と思っていると、視線があった。わたしは思わず声をかけてしまった。

「あの、うさぎちゃんですか」

女の子はちょっとおびえたように顔をゆがませて、「ええ。そうですけど」と言った。

「急に声をかけて、すみません。あなたのこと、ずっと応援していて、毎日たすけられていて、それでつい声をかけてしまったんです。こわがらせてごめんなさい」

不適切だった、と思いながら、わたしはわざとらしくあとずさってみせた。なんかそういう礼儀みたいに。

うさぎちゃんは、わたしの動揺なんてどうでもいいって感じで「そうなの。こちらこそありがとう」と言うと目を伏せ、ふたたび海を見やった。

「海が好きなんですか」

うさぎちゃんはこくんとうなずいた。

「不安になると、いつもここへきて、こうして海をながめるの。そして、いっそ飲み込まれたい、なんて思うの」と、なにやらあかるくないことを言う。

「なんてね、ほんとは、ただえんえんと見ていられるってだけ。好きかきらいかって聞かれたら、好き。それだけ」

「わたしも、海が好き。ここにもよく来ます」

「あなたも、不安？」

「うん。だいたいが不安。でも、今日はちょっと、達成感もあるかな。うさぎちゃんにも会えちゃったし」

「そう。よろこんでもらえたのなら、よかったわ」

うさぎちゃんはそう言って微笑んだ。けれど、やっぱりどこか不安そうだった。まるで弱った雛鳥にかまってやるみたいに、胸のブローチにそっと手を当てている。

「うさぎちゃん、なにかつらいことでもあるの」

思いきってたずねると、うさぎちゃんは首を横に振った。

「いいえ。つらいことなんてないわ。ただ……」

「ただ?」

「さみしいの。変だよね。こうして応援してくれる人も、仲間だってたくさんいるのに、あたしって、わがままなのかな」

わたしは慌てて言った。

「そんなことないよ。うさぎちゃんは、すごいことをしてるんだもん。仕方がないよ。わたしだったらやってらんない」

おおげさにめまいをくらった真似をすると、うさぎちゃんはくすりと笑ってくれた。けれど、なんだか胸がもやもやする。

「うさぎちゃん、あのね。わたしがこんなことを言ったら、矛盾してるって思われるかもしれないけどね」

「ええ。なに?」

「うさぎちゃん、セーラームーンをやめてもいいよ」

そう言うと、うさぎちゃんのすべすべした狭い眉間に、たちまちしわがあつまってきた。どうしてそういうことを言うの、とでも言いたげな顔だった。

「どうしてそういうことを言うの」

実際に言われた。わたしはあわあわしながら、みっともなく言葉をつづけた。

「だって、うさぎちゃんはまだ中学生でしょう。大人にぜんぶまかせたらいい。それに、子どもに戦争をさせる世界なんて、救わなくたっていいと思う」

うさぎちゃんは肩をちいさく震わせると、うつむいてだまりこんだ。

「だって、仕方がないじゃない。これがあたしの使命なんだもの」

「そんなことないよ」

「なんで言いきれるの？」

「だってね」わたしは息を吸い込んで言った。「わたしもセーラームーンだから」

「あなたがセーラームーン？」

「そう。わたしもセーラームーン。だから、うさぎちゃんだけが、セーラームーンじゃなくても、だいじょうぶってこと」

うさぎちゃんはふぅとため息をついて、空を見上げながらつぶやいた。

「そっか」

そして、からまっていた耳元の後れ毛を指先で軽くほどくと、「ありがとう、すこし気が晴れたわ。あなたもセーラームーンなのね」と言った。

「そう。わたしもセーラームーン」

「いっしょね」

「そう。いっしょ」

わたしたちはそれ以上言葉を交わさなかった。レインボーブリッジには、希望としかいいようのないひかりが灯っている。

帰り道、もと来た道を麻布十番に向かって引き返しながら、もう一本コーラを買って、飲みつつ歩いた。小腹が減ったので、まいばすけっとでおにぎりも買って、すっかり夜のできあがった芝公園でそれを食う。

今日はとてもよい一日だった。

ここにいないだれかにとっても、そうであるといいなと思う。

松橋裕一郎（まつはし・ゆういちろう）

1989年生まれ。エッセイスト。著書に『尼のような子』（祥伝社）、『焦心日記』（河出書房新社）、『果てしのない世界め』（平凡社）、『ぼくは本当にいるのさ』（河出書房新社）、『なまものを生きる』（双葉社）、『ぼくの宝ばこ』（講談社）、『ぼくをくるむ人生から、にげないでみた1年の記録』（双葉社）、『うまのこと』（光村図書）。高校時代から「少年アヤ」を名乗り執筆活動を行う。デビューから10年を節目にした本作が、初めての本名名義での書籍となる。

引用：p.227～p.231　松橋制雄『飯綱の風』（自費出版）
　　　p.232～p.247　松橋制雄『青春の赤トンボ』（銀河書房）
p.340　セーラームーンのイラスト：妹

わたくしがYES

2024年9月23日 初版第1刷発行

著者　松橋裕一郎（少年アヤ）

装丁　藤田裕美
絵　小橋陽介
写真　松橋裕一郎
DTP　勝矢国弘
編集補助　大浦 彩

発行人　野口理恵
発行所　株式会社 rn press
〒158-0083 東京都世田谷区奥沢 1-57-12-202
電話　070-3771-4894（編集）
FAX　03-6700-1591

印刷・製本所　モリモト印刷株式会社

本文用紙：OKプリンセス

ISBN 978-4-910422-20-6